À mon frère, Martial.

Prologue

Depuis la nuit des temps, les mythes et les légendes ont fasciné les auditoires de tout âge. Des conteurs reçurent la noble tâche de transmettre cet héritage et ils s'y employèrent avec talent.

Odin, roi des dieux nordiques façonna un univers à son image, rude et complexe. Il se composait de neuf royaumes, chacun ayant ses lois et son propre peuple.

Regroupés sur trois niveaux autour d'un frêne géant, ils communiquaient entre eux grâce à des ponts ou des tunnels, que seuls les plus puissants des magiciens pouvaient arpenter sans le payer de leur vie.

Le plus bas niveau était difficile d'accès et regroupait deux mondes. Le Niflheim, terre de givre, était peuplé des morts qui attendaient en silence l'heure de se venger des vivants. Mais aussi le Muspellheim, mer de feu, dont les élémentaires de lave patientaient dans l'espoir d'avoir un jour l'occasion de détruire toutes formes d'existences.

Tout, les opposait, mais ils s'allieraient pour précipiter la fin des dieux.

Le niveau central, le plus grand, regroupait la terre des hommes, Midgard, ainsi que celle des géants, le

Jotunheim, sur laquelle cohabitaient le royaume des Nains, le Nidavellir et celui des elfes sombres, le Svartalheim.

Le niveau supérieur était dominé par la forteresse d'Asgard, le domaine des dieux Ases, qui en hébergeait deux autres, le Vanaheim, terre des dieux Vanes et l'Alfheim, royaume des elfes clairs.

Cet univers, où vivaient des créatures aussi disparates que des nains ou des géants, se révélait être le théâtre d'un conflit sans merci. Cette guerre, plusieurs fois millénaire, où des monstres et leurs alliés affrontaient des dieux, s'achèverait par un immense combat.

Cette gigantesque bataille sonnerait le crépuscule des dieux : Le Ragnarök !

Alors que Surt, le dieu flamboyant regroupait ses forces pour incendier l'univers, une colossale armée se massait pour prendre d'assaut Asgard. De toute part se rassemblaient des guerriers, des magiciens et des sorciers pour participer à cet ultime combat.

Chacun dut choisir son camp dans l'espoir d'une hypothétique survie.

Car dans ce monde en déliquescence, chacun restait en quête d'avenir.

Chapitre 1

« Au début, il n'y avait rien. Ni ciel, ni terre, ni étoiles, ni lune, ni soleil. Ce vide était appelé Ginnungagap, ce qui veut dire 'l'abîme'. Au nord se trouvait le Niflheim, le monde de la glace et des brumes, et au sud se trouvait de Muspellheim, le pays de feu, gardé par le géant Surt. Les douze rivières, nommées Heligavar, coulaient du monde des morts vers l'abîme, qui, à son contact, gelaient et formaient de la glace. En provenance du Muspellheim, des nuages brûlants se dirigeaient vers l'abîme, et au contact de la glace, formaient du brouillard.
De ce brouillard tombèrent alors des gouttes d'eau, qui donnèrent naissance aux filles du gel, ainsi qu'au premier géant, Ymir. Ce dernier fut le grand-père d'Odin... »

(Völuspá, act1)

*
* *

On prétend que le dieu Heimdall, gardien du pont arc-en-ciel menant à Asgard pouvait entendre l'herbe pousser ou voir la rosée perler sur les feuilles. Cette légendaire acuité lui permit d'être le témoin de la mise en mouvement d'une imposante armée. Composée exclusivement d'elfes sombres, elle prit la direction opposée du flot continuel des forces se massant contre la forteresse des dieux. Interloqué par cette curieuse direction, il suivit son déplacement sans bien en appréhender la destination.

Cette troupe mit plusieurs semaines à parvenir aux confins du Svartalfheim, serpentant avec peine dans cette région aride et accidentée. Bien que très peu peuplée, tout au long de son périple, elle se renforça de bataillons issus des diverses forteresses qui se trouvèrent sur son chemin. Forte de plusieurs milliers de combattants, elle poursuivit sa marche jusqu'au bord du continent. Là où le néant, frontière naturelle infranchissable, interdisait tout passage vers l'au-delà.

Heimdall attendait cet instant avec impatience, que manigançaient ces elfes sombres pour ainsi se perdre au milieu de nulle part ? Ces êtres, sournois et manipulateurs par excellence, ne faisaient jamais rien par hasard.

La réponse à cette question le stupéfia, quand des sorciers se regroupèrent et commencèrent l'incantation d'anciens sortilèges.

Il assista médusé à l'ouverture d'un antique passage magique entre les mondes. Les elfes sombres invoquaient un tunnel oublié qui leur permettrait de se rendre directement en Asgard sans être confrontés à l'imposante muraille qui en protégeait l'entrée.

Longue et laborieuse, cette tâche leur prendrait des jours. Mais ces sorciers, dont la puissance n'était plus à prouver, ne ménageraient pas leur peine. À n'en point douter, cette étape serait couronnée de succès. Il en était certain !

Après des jours d'efforts, le couloir commençait à apparaitre et bientôt il fut assez large pour permettre à l'armée de s'y engouffrer.

Heimdall resta figé et silencieux un long moment après le passage du dernier soldat elfe sombre dans le tunnel. Mais son attention était requise ailleurs et déjà l'armada massée au pied d'Asgard se mettait en mouvement. Le pont Bifröst, qui menait à la cité des dieux, fut pris d'assaut !

À plein poumon, il sonna dans Gjallarhorn, le cor majestueux. Cet appel à la guerre et à la défense d'Asgard la lumineuse fut entendu à travers les neuf royaumes.

L'ultime bataille débutait !

*

*   *

Dans un lieu inconnu, lentement, Arwin reprit connaissance. Il était figé, ses longs cheveux blancs pendaient le long de son dos. Sa tenue de cuir moulante, ses gants et ses bottes montantes masquaient sa vraie nature. Seule la couleur d'ébène de son visage révélait sa race : un elfe sombre.

De toutes parts, la magie des elfes clairs l'assaillit. Désorienté, il tenta de réagir, mais l'ensemble de son corps semblait endormi. Une peur sourde l'envahit, lorsqu'il réalisa qu'il était prisonnier.

Que s'était-il passé ? Où était-il ?

Face à ces questions sans réponse, il ne pouvait que constater l'évidence : on l'avait capturé !

Les yeux toujours fermés, il se ressaisit et fit un rapide bilan de sa situation : il se tenait droit, les bras levés, mais ses pieds ne touchaient pas le sol. Aucun lien ne l'entravait, mais il était incapable d'esquisser le moindre geste. Un froid glacial engourdissait chaque parcelle de son corps immobilisé : il était victime d'un puissant sortilège !

Qui l'avait capturé et comment avait-il réussi ce tour de force ?

Ces questions tournaient sans cesse dans sa tête, mais il restait incapable d'y apporter la moindre réponse. Il tenta de rassembler ses derniers souvenirs : la réunion de son état-major et ses derniers ordres stratégiques, ses préparatifs pour rejoindre ses troupes…

Tout semblait si clair, mais un trou noir béant s'ensuivait, impossible de se rappeler quoi que ce soit de plus. Et il se réveillait ainsi, entravé !

Une question jaillit dans son esprit et s'imposa, plus forte que n'importe quelle autre : où était son armée ? Avait-elle franchi le passage ? De cette interrogation, surgit une autre encore plus incontournable : qui en avait pris la tête après sa disparition ? Depuis combien de temps était-il inconscient ? La guerre avait-elle déjà démarré, peut-être était-elle déjà finie ? Qui était le vainqueur… ?

La rage de s'être fait aussi facilement capturer le submergea.

Traîtrise ! Seule une infâme félonie pouvait expliquer sa capture ! Oui, cela ne pouvait être que le fruit d'une manigance en haut lieu, mais dans quel but ? À qui cela profitait-il ? Le moment venu, il devrait tirer cette histoire au clair !

Finalement, une voix de femme interrompit ses réflexions :

– Trêve de plaisanterie, Prince Arwin ! Inutile de poursuivre ce simulacre de sommeil !

Arwin ouvrit avec précaution les paupières. La lumière agressa ses yeux, qui mirent quelques secondes pour s'habituer à la lumière des lieux. Comme il le craignait, il avait très bien analysé sa situation. Un sortilège le maintenait dans les airs, lui interdisant tout mouvement.

Une faible lumière régnait dans la petite pièce. Rien de plus qu'un cachot au sol dallé de pierres grises et aux murs nus. Dans un coin, face à lui, se trouvait le strict minimum, un lit, une table et une chaise.

Un frisson parcourut ses membres figés. À travers les mèches rebelles blanches qui lui tombaient devant les yeux et gênaient sa vue, il constata qu'une elfe claire lui faisait face. Ses vêtements, sa prestance et son port de tête majestueux indiquaient un rang au moins égal au sien. La façon dont elle le fixait aurait effrayé tout autre que lui. Puisqu'elle lui parlait, il supposa qu'on lui laissait la capacité de répondre.

– Qui êtes-vous ?

– Je suis la princesse royale Erindell. J'ai une question à te poser et je veux une réponse ! répondit-elle d'un ton sec.

– Et moi j'exige d'être libéré sur le champ !

– Silence ! Tu n'as rien à exiger, Dokkalfar ! Que tu sois toujours en vie est un privilège que bon nombre d'entre nous ont déjà du mal à accepter !

Arwin s'interdit de réagir à l'insulte et se calma. 'Dokkalfar', signifiait elfe noir. Ce terme ne servait qu'à railler le véritable nom de son peuple, 'Svartalfar', qui désignait les elfes sombres, vivant en Svartalfheim. Cette différence, anodine à première vue, était capitale pour les siens. Généralement, ce manque de respect était lavé dans le sang ! Mais il garda le silence et dévisagea son interlocutrice avec mépris.

Elle soutint avec dédain son regard, elle ne le craignait pas !

Son visage fermé, presque dur, en disait long sur le peu d'estime qu'elle éprouvait pour lui. Ses iris clairs aux reflets d'or le fixaient avec une haine mêlée d'une morgue froide. Elle aurait été très belle avec ses cheveux couleur de blé mûr dansant jusqu'à la taille, si elle n'avait arboré cette expression glaciale.

Arwin lui rendit son regard méprisant. Il ne ressentait que dégoût pour ceux de sa race et la seule idée d'être son prisonnier lui était insupportable. Il concentra ses forces physiques, puis magiques, espérant réussir à exécuter un simple geste, n'importe lequel, pour se tirer de ce mauvais pas. Mais ce champ de force semblait s'adapter et réagir à chacune de ses tentatives. Il finit par retrouver son sang-froid et tenta de mieux comprendre la situation en soutirant le plus d'informations possible de sa gardienne.

Peut-être cela l'aiderait-il à trouver une solution ?

– Exigez-vous une rançon ?

– Silence ! Inutile de me questionner, je ne suis pas à l'origine de ta capture. Nous ne sommes que tes geôliers. Ton sort dépend du roi et de personne d'autre ! Je veux savoir…

– Prends garde, elfe claire, tu joues à un jeu dangereux ! rétorqua Arwin en lui coupant la parole.

– Silence ! Le son de ta voix m'insupporte ! hurla-t-elle, les deux poings serrés. Pour la dernière fois, vas-tu répondre à mes questions ?

Arwin la fixa d'un regard meurtrier et resta silencieux. Sans dire un mot, elle fit un geste rapide des mains avant de se retourner et quitter la pièce. Le sort qui emprisonnait Arwin s'était renforcé et bloquait désormais sa mâchoire dans un étau. Puisqu'il aimait le silence, qu'il le garde !

Elle était en colère, furieuse. Et ce n'était pas de la responsabilité de son insolent prisonnier, mais bien de la sienne.

Perdre ainsi son sang-froid était indigne d'une princesse de son rang et surtout contreproductif. Elle n'avait même pas réussi à poser sa position…

Quelle pouvait bien être la position exacte de son armée ? Était-elle vraiment en marche vers son royaume, l'Alfheim ?

Quelle déception, alors même qu'il s'agissait du motif de sa venue. Elle avait enduré la présence de cet être ignoble en vain, quelle déconvenue !

Elle finit par se calmer. De toute façon, ce prince n'aurait pas dit un mot. Le torturer n'aurait servi à rien. Combien d'elfes sombres étaient morts suite à ces interrogatoires interminables. Cette race pouvait endurer des supplices effroyables, sans même desserrer les dents. Rien n'avait de prise sur ce peuple.

Ils montraient toujours une résistance impressionnante puis mourraient sans un mot.

Ces êtres étaient aussi noirs et insondables que leur couleur de peau !

Elle inclina légèrement la tête à l'attention des gardes qui la regardaient sortir d'un pas rapide de la prison. Ils la comprenaient bien, la présence d'un elfe sombre dans ces murs rendait tout le monde mal à l'aise. Pourquoi n'avait-il pas été mis à mort ?

Si cette décision tardait trop à venir, ils se chargeraient eux-mêmes de cette sinistre tâche, quitte à en subir les conséquences !

Une fois dans la rue, le visage de la princesse se décrispa. Elle gouta l'harmonie et la douceur de sa cité avec plaisirs. Elle esquissa même un léger sourire en percevant les cris de joie d'enfants venant des parcs et des jardins avoisinants.

Son royaume resplendissait de la joie de vivre de ses habitants. C'était pour ce cadre de vie qu'elle se battait et que son peuple versait un si lourd tribut à la guerre. La musique et l'art illuminaient les terrasses et les cours. Seuls quelques gardes ou soldats stationnés aux coins des rues rappelaient à tous le climat de tension qui régnait sur leur monde.

Cet elfe sombre n'était pas en mesure de comprendre toute cette beauté, car il vivait terré dans un royaume sans lumière. Lui et son armée saccageaient sans vergogne un monde plusieurs fois millénaire. Combien d'âmes immortelles, ce prince, avait-il déjà détruites ?

À coup sûr, il aurait été bien incapable d'en déterminer le nombre.

Des démons, voilà ce qu'ils étaient devenus. Aussi noirs que leur royaume, le Svartalfar. Ces elfes sombres ne méritaient pas d'exister. Il fallait les éradiquer sans autre forme de procès, c'est à ce seul prix qu'ils retrouveraient cette paix si longtemps attendue.

Elle se dirigea d'un pas décidé vers le palais pour exiger du roi, l'exécution immédiate du prisonnier.

Cette comédie n'avait déjà que trop duré, ils n'avaient jamais rien tiré de ces êtres. Ils étaient mauvais et leurs princes plus que tout !

*

*   *

Plusieurs heures passèrent avant que la porte du cachot ne s'ouvre à nouveau. Cinq elfes clairs, semblables à Erindell avec leur teint lumineux, leur silhouette éthérée et leurs vêtements presque translucides, pénétrèrent dans la cellule. Le plus grand, celui qui dirigeait le groupe, donna ses ordres. Les quatre autres, des magiciens de hauts rangs, reconnaissables aux plumes de geais qui ornaient leurs tenues, se placèrent aussitôt à chaque angle de la pièce. Ils déposèrent au sol une boite qu'ils ouvrirent. Ils en sortirent quatre artefacts polis par le temps qu'ils activèrent en faisant courir leurs doigts avec dextérité sur toute leur surface. Une lueur bleutée clignota au cœur de chacun d'eux, accompagné d'un léger vrombissement.

Leur chef se plaça alors face à Arwin et annonça d'une voix forte :

– Je suis le prince Zelbiem, cousin de notre bien-aimée Erindell. Elle a exigé ta mise à mort, mais pour une raison qui m'échappe encore, notre bon roi a refusé. Pire ! Il a demandé que tu sois traité avec plus d'égards. Je présume que ton rang doit entrer en ligne de compte. Sache que les artefacts magiques déposés dans la pièce sont à la hauteur de tes talents. Ils annuleront ou retourneront contre toi la plupart de tes pouvoirs. Mais, je te laisse le soin de le découvrir par toi-même. Si, aussi improbable que cela puisse paraitre, tu arrivais malgré tout à t'échapper d'ici, sache que c'est moi qui aurais l'honneur de te pourchasser. J'hésite entre la satisfaction de te savoir prisonnier et le désir de te voir tenter une évasion, qui m'autoriserait à te tuer de mes propres mains !

L'elfe clair tendit ses mains en direction d'Arwin et les claqua violemment.

Au même instant, le champ de force se rompit et Arwin sentit s'enrouler autour de sa gorge un puissant étau qui le garda suspendu dans les airs. Pris au dépourvu, il tenta de desserrer le nœud coulant qui l'empêchait de respirer et gesticula désespérément en tout sens dans l'espoir de se libérer.

L'elfe qui le maintenait ainsi étranglé au-dessus du sol jubilait. Il ajouta, sans cacher le plaisir que lui procurait cette domination :

– Fais-moi plaisir, prince Arwin, échappe-toi ! Sois digne de ta race corrompue, que je puisse te traquer et t'abattre.

Puis il relâcha sa pression magique et le prisonnier tomba au sol en suffoquant. Un sourire arrogant aux lèvres, les elfes clairs quittèrent la pièce. Alors qu'il reprenait son souffle, Arwin pensa avec délice aux tortures qu'il ferait endurer à ce prétentieux pour cet outrage.

Ne jamais laisser un ennemi vivant derrière soi était l'une des règles de base enseignée aux enfants de son peuple. Il se ferait une joie de l'apprendre à ce magicien arrogant.

Prudemment, Arwin se leva et fit le tour de sa prison. Ce mobilier rustique n'était pas à son goût, mais il s'en contenterait. Puis il examina avec soin les artefacts posés au sol. Sans parvenir à les toucher, il ne pouvait les désactiver, alors il s'agenouilla en face d'un et tenta de l'atteindre à l'aide de sa magie. Après un long moment de vaines tentatives, il se redressa et tenta sa chance sur chacun des autres objets, mais il finit par réaliser que c'était peine perdue. La confrontation semblait inévitable, il avait la ferme intention de vaincre par la force cette fameuse barrière magique.

Parmi son peuple, peu pouvaient égaler ses pouvoirs. Ses ennemis le sous-estimaient, il en était convaincu. Croyaient-ils vraiment qu'un de leur misérable champ de force allait le retenir ? Une fois celui-ci franchi, s'échapper de ce cachot serait un jeu d'enfant. Comme si des murs, aussi épais soient-ils, représentaient la moindre difficulté pour lui !

Même si la discrète ouverture d'où filtrait la lumière se révélait trop étroite pour lui permettre de passer, il ne doutait pas de sa capacité à s'évader. Il banda sa volonté, se servant de sa haine pour accumuler assez d'énergie, comme il l'avait appris depuis l'enfance. Lorsqu'il estima la charge magique suffisante, il la dirigea contre l'un des artefacts posés au sol.

Un puissant rayon d'énergie pure prit naissance entre ses mains, pour aller frapper directement sa cible. Mais au lieu de la pulvériser, tel qu'Arwin s'y attendait, le rayon rebondit sur l'objet devenu brusquement plus lumineux et repartit dans la direction exacte d'où il provenait. Stupéfait, le prince ne put s'écarter à temps et fut frappé en pleine poitrine.

Le choc s'avéra si puissant que ce dernier fut soulevé de terre et propulsé de l'autre côté de la pièce. L'énergie qu'il encaissa le terrassa. Elle l'aurait même tué s'il n'avait eu le réflexe de renforcer son bouclier corporel en la voyant revenir sur lui.

Il demeura ainsi étendu sur le sol, inconscient.

À son réveil, son corps n'était plus que souffrance. Sa tunique, brûlée à la hauteur de l'impact, laissait apparaître la peau de son torse rongée jusqu'au sang. À chaque respiration, sa poitrine se soulevait avec difficulté et la douleur irradiait à travers tout son buste. Plusieurs bleus et hématomes commençaient à apparaitre sur l'ensemble de son dos et de ses bras. Il ne devait sa survie qu'à son patrimoine génétique royal qui le rendait bien plus résistant que la plupart des magiciens. Péniblement, il se remit sur pied et tituba jusqu'au lit laissé à son intention. Il s'effondra et perdit à nouveau connaissance. Son corps réclamait du repos afin de réparer les dégâts qu'il s'était infligés.

Lorsqu'il revint à lui, un plateau de fruits et de viande séchée l'attendait au pied du lit. Il se redressa et saisit une poignée de nourriture qu'il avala rapidement. Ce simple mouvement l'épuisa et à bout de force, il se rendormit.

Le lendemain, à son réveil, il se sentait déjà mieux et comprit qu'il avait bien failli se tuer. Il garda le lit toute la journée et récupéra petit à petit l'ensemble de ses forces, si bien que lorsque la porte s'ouvrit, il fut aussitôt sur ses gardes. Une jeune elfe claire approcha avec un nouveau plateau qui contenait des fruits, de la viande et une carafe d'eau. Le regard rivé au sol et sans un mot, elle le posa au pied de l'artefact magique et du bout des doigts, le fit glisser dans la zone protégée. Puis, elle sortit rapidement de la pièce.

Ainsi, ce bouclier magique n'était infranchissable que dans un sens !

Arwin récupéra le plateau et mangea avec appétit. Il tenta quelques exercices d'assouplissement, mais la douleur lui rappela que cette tentative était encore un peu prématurée et qu'il serait plus sage d'attendre. Après avoir fini le plateau, il le lança violemment contre la porte. Bien sûr le champ de force l'intercepta avant qu'il ne la touche.

Sa prison était bel et bien hermétique ; pour l'instant il ne pouvait attendre des secours que de l'extérieur. Mais comme tout immortel, le temps n'avait pas de prise sur lui, il n'était pas pressé !

Il passa la journée suivante à dormir. Cette détention avait tout de même du bon et lui permettait de rattraper le manque de sommeil accumulé depuis de nombreux mois.

Il s'éveilla à l'instant même où la porte de sa prison

s'ouvrit à nouveau. Il avait désormais retrouvé la quasi-totalité de ses forces. Il se redressa et regarda entrer l'elfe et la nourriture. Lentement, il se leva et tournant le dos à la jeune femme, lâcha :

– Cette nourriture n'est pas digne d'un prince, inutile de la déposer !

– Bien Votre Altesse, j'en informerai Sa Majesté.

– Contente-toi d'obéir à mes ordres, je ne t'ai pas autorisé à me répondre !

– Je n'ai aucun ordre à recevoir d'un elfe sombre, vous servir vos repas m'est déjà assez pénible.

Arwin se retourna alors hors de lui, en hurlant 'SILENCE !', avant de déchaîner ses pouvoirs contre la jeune femme. Cette décharge magique aurait décimé une armée, pourtant, elle fut absorbée par l'artefact de protection sans même l'atteindre. Posant le plateau au sol, elle ajouta :

– Je ne te crains pas ! Tu es tels tes semblables, un monstre. Ton âme est aussi noire que ta peau !

Les deux elfes se dévisagèrent farouchement puis Arwin reprit la parole :

– Aurais-tu oublié à qui nous devons cette si belle couleur de peau, elfe claire ?

La jeune femme fit un pas en arrière, elle savait que trop bien de quoi il parlait et pour rien au monde, elle ne souhaitait l'entendre de sa bouche. Sur ses gardes, elle fit un autre pas en arrière, puis s'enfuit.

Arwin resta seul. Ces elfes clairs n'étaient pas dignes de gouverner l'Alfheim ! Car, si des âmes étaient noires, c'était bien les leurs !

*

*   *

D'aussi loin que remontaient les mémoires, les elfes restèrent à l'écart des autres races. Limitant au strict minimum les contacts avec leurs voisins, ils vivaient en parfaite harmonie dans leur royaume : l'Alfheim. Gardant jalousement fermés, les différents accès menant vers leurs territoires, ils ne manquèrent pas de susciter la colère de ceux qui souhaitaient s'en approcher.

Les géants, peuples belliqueux et vindicatif, devinrent rapidement une menace. Leur royaume, le Jotunheim, se révéla au fil du temps trop étroit pour accueillir leur population en pleine expansion. Sûrs de leurs forces, ils attaquèrent et envahirent le royaume des elfes.

Les elfes mirent des siècles à constituer une véritable armée capable de défaire les géants et de les renvoyer dans leur royaume. Mais une fois en marche, cette armada ne se contenta pas d'expulser les envahisseurs. De succès en succès, les elfes s'implantèrent au Jotunheim et convaincu de leur bon droit, le colonisèrent. Pourtant, loin d'être vaincus, les géants se regroupèrent et lorsqu'ils furent de nouveau assez nombreux, ils reprirent l'offensive.

Ivres de colère, les géants réussirent à s'imposer et furent sans pitié. Ils prirent le contrôle du pont reliant leur royaume à celui des elfes, bloquant ainsi tout contact entre l'Alfheim et les malheureux elfes restés bloqués en Jotunheim.

L'armée des géants se scinda alors en deux. L'une remonta le pont et pénétra dans le territoire ennemi, tandis que l'autre tenta d'éradiquer tous les elfes encore présents sur leur terre.

Face à cette nouvelle invasion, les elfes d'Alfheim durent concentrer leurs forces sur leur propre survie, abandonnant leurs semblables isolés en Jotunheim. Sans réel soutien, ceux-ci se terrèrent et tentèrent tant bien que mal de survivre à cette chasse sans merci.

La bataille en Alfheim dura des millénaires et c'est au prix de dizaines de milliers de morts que les elfes réussirent à renvoyer les géants chez eux. Le passage entre les deux royaumes fut fortifié et chaque peuple en bloqua jalousement l'entrée.

Cette frontière devint pratiquement infranchissable, au grand dam des elfes oubliés qui se trouvèrent définitivement coupés de leurs racines.

Avec le temps, d'étranges rumeurs commencèrent à circuler sur ces elfes condamnés à errer en Jotunheim. Certains prétendaient qu'il fallait s'en méfier, s'en détourner. Ils étaient devenus différents, transformés par cette terre maudite, en des êtres sombres, lais et mauvais.

Désormais, on les nommait Elfes sombres : Svartalfar, ou plus méchamment Elfes noirs : Dokkalfar.

La rumeur colportait qu'au fil des générations, leur couleur de peau avait pris une teinte brûlée, reflétant l'obscurité de leur âme. On prétendait qu'ils pratiquaient la magie noire, que certains étaient devenus cannibales et dévoraient leurs propres enfants !

Il fallait rester sur ses gardes et s'en méfier !

Une peur sourde parcourut les élites des elfes qui se définissaient désormais comme Elfes clairs : Alfalfar. Personne ne se reconnaissait plus comme simplement : Alfar.

Le peuple d'Alfheim s'inquiéta et exigea d'être protégé contre ces frères corrompus et la traque débuta. Tous ceux qui osèrent revenir du Jotunheim dans l'espoir de rejoindre leur patrie ancestrale furent arrêtés et emprisonnés.

Mais ces elfes habitués à des conditions de vie difficiles refusèrent cette existence de captivité et se révoltèrent.

Une guerre civile débuta et submergea plusieurs cités. Une peur irraisonnée saisit la noblesse, le sang des elfes clairs ne pouvait être ainsi répandu en Alfheim. Ce sacrilège n'aurait pas lieu !

Le conseil des mages se réunit et la révolte fut rapidement réprimée dans un bain de sang, celui des elfes sombres.

Ils furent des milliers à payer ce lourd tribut à leurs différences.

Lorsque tous furent tués, ou en fuite, un lourd silence se répandit en Alfheim. L'impensable venait d'être commis, les elfes venaient de faire couler du sang elfique.

Le roi, la cour, les nobles ainsi que les mages de haut rang se rassemblèrent dans l'immense salle du trône. Une terrible punition divine les attendait pour avoir ainsi violé une loi plusieurs fois millénaire.

Ce fut Dorantin, le plus puissant des magiciens, qui prit la parole :

– Ce n'étaient plus des elfes, nous n'avons fait que nous défendre !

Le roi Luzan se leva et dévisagea furieusement son conseiller, puis se tournant vers l'assemblée, il s'indigna :

– Comment osez-vous ajouter cette bassesse à l'ignominie !

À cet instant, les portes de la salle du trône volèrent en éclat et un nain s'avança. Tous le reconnurent et s'inclinèrent. Le puissant Andvari, l'ami des dieux, écumait de rage, sa venue n'était pas à prendre à la légère. Il s'arrêta au milieu de la salle et d'une voix autoritaire, exigea :

– Roi Luzan, rends-toi immédiatement auprès de tes frères perdus en Jotunheim, implore leur clémence et ouvre leur ton cœur et ton royaume !

– Oui sage Andvari, j'irai à leur rencontre et je les supplierai d'accepter d'oublier cette tragédie, mais comment franchir les fortifications des Géants ?

– Les Géants, j'en fais mon affaire ! Quant à toi, sois sincère avec eux, roi Luzan, car ta tâche ne sera pas aisée. Tes frères douteront de tes bonnes intentions et tu risques d'avoir du mal à les convaincre.

– Je leur ouvrirai mon cœur. Ils comprendront à quel point nous regrettons nos erreurs. Leurs conditions seront acceptées, quelles qu'elles soient. La faute sera lavée, je ne reviendrai en Alfheim qu'à ce prix. Quitte à ne jamais revenir.

Le nain tient parole et les géants s'endormirent au passage du convoi royal. Alors que le roi, escorté par ses diplomates et sa garde rapprochée traversait le pont reliant l'Alfheim au Jotunheim, le conseil des mages elfes sombres se réunissait à son tour.

Ils étaient tous sur leurs gardes, les exactions commises en Alfheim étaient dans toutes les mémoires. Luzan avait-il décidé de finir le travail lui-même et de les exterminer tous ?

Face à ce qu'ils prirent comme une agression, ils décidèrent de s'armer et de contre-attaquer. Une armée de guerriers et de mages elfes sombres se regroupa et s'avança. Animés par une haine désormais inflexible, ils se montrèrent impitoyables.

Le roi Luzan et son escorte furent massacrés, puis le royaume d'Alfheim fut pris d'assaut. Aidés par les géants, les elfes sombres connurent de nombreuses victoires, mais finirent par être stoppés et durent se replier. Désormais tolérés par les géants, ils bâtirent leur royaume : le Svartalfheim en creusant des centaines de cités souterraines. Perdus dans l'obscurité de cette terre désolée et aride depuis la nuit des temps, ils s'adaptèrent et s'endurcirent.

Une haine profonde séparait désormais ces deux peuples pourtant issus de la noble race des elfes. Les dieux, indifférents à leur sort ne daignèrent pas intervenir et laissèrent ce schisme être le prélude à un conflit qui durerait des milliers d'années.

*

* *

Arwin, toujours plongé dans ses pensées, ne releva qu'un cil lorsque la porte se rouvrit sur un garde en armure tenant un plateau. Sans ménagement, il en jeta le contenu au milieu de la pièce et ressortit sans un mot. Arwin ne fut pas surpris que la jeune servante ne se représente plus devant lui. La haine qu'il éprouvait pour ces elfes clairs était réciproque. Avec une moue dubitative, il constata que désormais, ses repas se limiteraient à du pain elfique. Cet aliment avait la particularité de subvenir parfaitement aux besoins d'un elfe, faisant aussi bien office d'eau que de nourriture. Idéal pour la survie, mais rien de bien appétissant et loin d'être digne d'un prince de sang.

Une semaine passa, puis une autre, sans que personne ne s'intéresse à lui. Chaque matin, le garde procédait au même rituel. Arwin s'en accommoda, un prisonnier devait être traité avec rudesse. En aucun cas, il ne devait se complaire dans une captivité dorée. Fort de cet état d'esprit, il passait la plus grande partie de ses journées en transe, essayant d'entrer en contact avec ses troupes ou des magiciens alliés. Malgré l'inefficacité de ses tentatives, il gardait bon espoir que la situation évolue ou qu'un incident survienne pour changer radicalement la donne.

Il était d'une nature trop orgueilleuse pour s'avouer vaincu ou même résigner. Les jours passèrent ainsi, identiques les uns aux autres.

Puis, toujours à l'affût du moindre fait inhabituel, il s'éveilla de sa transe lorsque la porte s'entrouvrit. L'heure ne correspondait pourtant pas à la gracieuse projection de son repas sur le sol, cela l'intrigua. Lentement et sans un bruit, la porte se referma.

Arwin resta sur ses gardes et préféra activer son bouclier magique. Quel piège lui tendait-on ?

Il chercha avec attention le moindre indice autour de la porte, mais ne vit rien d'anormal. Puis il scruta le plan magique et repéra rapidement une petite silhouette juste derrière l'un des artefacts elfiques. Il sourit intérieurement et demanda :

– Tes parents sont-ils au courant de ta présence en ce lieu ?

L'enfant resta blottie dans son coin sans bouger, Arwin ajouta :

– Pensais-tu réellement que je ne puisse pas détecter un sort d'invisibilité de rang inférieur ? Ah je comprends, tu es venu voir le monstre ! Eh bien, tu ne vas pas être déçu !

Le prince ferma les yeux et rechercha la sensation familière de son pouvoir, qu'il se représentait comme un globe lumineux. Quand il l'atteignit, il y fixa son attention pour se transformer en loup-garou. Terrorisée, l'enfant tourna la tête et cette négligence suffit à dissiper le charme d'invisibilité. Lorsqu'elle apparut, Arwin leva l'illusion qu'il avait créée et sourit :

– Tu vois, moi aussi je suis magicien !

L'enfant se redressa, furieuse. Prenant un ton sévère :

– Je n'aime pas tes façons, elfe noir ! Un magicien

digne de ce nom ne s'amuse pas à effrayer les enfants !

– J'en conviens, mais aurais-tu oublié que, par nature, ceux de ma race tuent et dévorent ceux de ta race et même nos propres enfants ? C'est un fait !

Arwin la dévisagea, amusé par la témérité farouche de sa jeune visiteuse. L'enfant resta pensive puis déclara :

– Eh bien ça, je demande à voir ! Car ma sœur m'a dit qu'avant, vous étiez vous aussi des elfes ! Et les elfes n'ont jamais mangé d'enfants !

Cette petite ne manquait pas d'aplomb. Une chose était sûre : elle ne le craignait pas ! Mais quelle folie, être ainsi face à un elfe sombre représentait un péril qu'elle ne semblait pas mesurer.

Elle fixait sur lui son regard myosotis à peine voilé par une longue frange raide de cheveux blond cendré.

Après des semaines de solitude, Arwin réalisa qu'il prenait plaisir à cette conversation un peu décalée. Pourtant, cette fillette n'était pas à sa place et ce petit jeu n'avait déjà que trop duré. Il apostropha sèchement l'enfant :

– Ta place n'est pas ici, rentre chez toi et fait en sorte qu'on ne sache pas que tu es venue. On pourrait te le faire regretter !

Nullement impressionnée par la menace, l'enfant sortit un petit pot de terre cuite émaillée de sous sa cape. Lentement elle le posa au sol.

– Cette petite plante a besoin d'aide. Malgré tous mes soins, elle dépérit.

Arwin n'en croyait pas ses oreilles. Voilà qu'on le prenait pour un herboriste maintenant !

– Que me chantes-tu là ? Je ne suis pas un jardinier. Je n'ai que faire de tes fleurs !

– Mais cette plante vient de ton royaume. Tu es

magicien, tu peux lui venir en aide, insista-t-elle avec force.

Il resta sans voix. À quoi jouait cette enfant ? Que cherchait-elle ?

À lui faire perdre son sang-froid en l'insultant de la sorte ?

Elle y parvenait presque. Un prince de sa race supportait mal qu'on ne respecte pas son rang. Il s'emporta :

– Sors d'ici immédiatement, avant que je fasse appeler les gardes qui me débarrasseront de ta présence. Je serais surpris que tu ne sois pas sévèrement châtiée pour ton imprudence !

L'enfant avait posé la plante dans l'enceinte de l'enclos magique. Les larmes au bord des yeux, elle ajouta :

– Quel piètre prince tu fais, si tu n'es pas capable de secourir ce qui vient du Svartalfheim ?

Surpris, Arwin comprit qu'elle était sincère et qu'elle cherchait vraiment de l'aide. Il resta un moment silencieux puis rectifia :

– Je suis un magicien, mais surtout un guerrier, un général ! Je n'ai que faire de ta misérable plante !

– Tu n'es rien, rien du tout, si tes immenses pouvoirs ne peuvent être mis au service de ce qui peuple ton royaume. Que ce soient tes frères elfes sombres, les animaux ou même les plantes !

Lassé de cette argumentation et comprenant qu'elle ne cesserait que lorsqu'il cèderait à sa demande, Arwin attira à lui le pot de fleurs. Autant se débarrasser au plus vite de l'encombrante enfant. Il pénétra, avec son esprit au cœur de la fibre végétale et constata avec tristesse qu'elle périssait.

– Ta plante est morte ! lui dit-il brutalement.

– Non, je sens qu'elle vit encore ! Tu peux la sauver. Toi, elle t'écoutera.

Il se concentra à nouveau, mais se trouva bien démuni devant le petit souffle de vie qui persistait au plus profond de la plante. Il était pourtant apte à soulever des montagnes, détruire des forteresses ou incendier des forêts. Mais là, c'était autre chose qu'on lui demandait. Il devait se montrer doux, attentif, des qualités dont il n'avait jamais eu besoin jusqu'alors.

Jamais, il n'avait été confronté à une tâche aussi délicate.

Alors, avec précaution, il parla à l'âme de cette plante. Il la rassura, puis la réconforta. Il lui expliqua que, lui aussi, était prisonnier loin de leur monde, mais qu'il ne perdait pas espoir. En dignes enfants du Svartalfheim, ils se devaient tous deux de survivre, de se renforcer et de briller à en faire pâlir de jalousie leurs geôliers !

La plante se réveilla, reprit vie et se redressa devant son prince. Arwin alla la déposer à sa place initiale puis recula, étrangement ému par ce contact avec cet être vivant si humble et modeste.

L'enfant se précipita pour ramasser son trésor et dit avec un grand sourire :

– Un bienfait n'est jamais perdu, Prince Arwin. Du moins, c'est ce que me dit ma sœur.

– Ah bon ? Et qui peut bien être cette chère sœur si savante ?

– La princesse Erindell. Et moi, je suis la princesse Aïthem.

– Oh, la princesse Erindell ! J'ai déjà eu la chance de la rencontrer. Bien ! Ce fut un réel plaisir de te recevoir dans mon humble cachot, princesse, assura-t-il d'une voix teintée d'ironie, avant de redevenir sérieux. Mais promets-moi de ne parler à personne de cette visite et de ne plus jamais revenir. Tu dois être plus prudente, car la haine qui lie nos deux peuples est réelle et puissante, d'autres que moi pourraient te faire du mal et même en éprouver du plaisir. Tu dois te méfier de tout et de tous !

– Je n'ai pas peur de toi, Prince Arwin.

– Tu ne me connais pas, jeune princesse. J'ai tué tant d'elfes clairs que je ne pourrais jamais en définir le nombre exact. Nous autres, Svartalfars sommes des tueurs au service de votre perte. Tu dois me promettre d'être méfiante, n'aie confiance qu'en tes proches. Et surtout, prends garde à toi, car les jours qui s'annoncent seront terribles et la pitié n'y aura pas sa place, même pour les enfants !

Le visage grave, la fillette s'inclina, comme pour le remercier de sa mise en garde. Elle replaça alors son charme d'invisibilité. Puisqu'il semblait avoir été assez efficace sur les gardes, il pouvait bien servir à nouveau. Doucement et sans un bruit, elle quitta la pièce.

Arwin resta silencieux, tourmenté. Bien plus qu'il n'aurait voulu l'admettre, cette rencontre l'avait déstabilisé. Que de naïveté, que de noblesse, que de bravoure chez cette jeune enfant. Elle l'avait touché, lui qui croyait haïr définitivement tous les elfes clairs sans exception.

Combien de sa race auraient su, auraient pu ou tout simplement auraient voulu le voir ?

*

*   *

Malgré ses avertissements, l'enfant revint le lendemain lui tenir compagnie. Il la menaça, puis la repoussa méchamment, mais rien n'y fit. Finalement il lui tourna le dos, feignant d'ignorer sa présence. Jour après jour, ils restèrent ainsi de nombreuses heures sans échanger un mot, chacun bien décidé à faire plier l'autre. C'est pourtant Aïthem qui rompit le silence la première :

– Puisque tu sembles bien décidé à tenir le silence, c'est moi qui parlerai !

Sans même desserrer les dents, Arwin laissa s'échapper un long soupir d'exaspération. La jeune princesse poursuivit comme si de rien n'était :

– Les nouvelles du front sont bonnes, ton armée est en déroute elfe sombre !

– Je n'en crois pas un mot, laissa s'échapper Arwin.

– Ba voilà, j'ai gagné ! s'exclama Aïthem.

– Gagné quoi ? Pauvre écervelée, grogna le prince.

– J'ai réussi à te faire parler et ce n'est pas un mince exploit !

– J'en conviens, donne-moi ton prix pour me laisser à ma triste vie de prisonnier.

– Je limiterais mes visites à une heure par jour, si tu consens à me parler de ton royaume, l'énigmatique Svartalfheim.

– Une heure, dis-tu ? Voilà une peine bien lourde ! Tu n'as pas de cœur, cela ne m'étonne pas venant d'elfe clair !

La jeune fille sourit, elle avait gagné. Le prince savait que ce temps serait incompressible et que sous peine de devoir endurer la présence de l'enfant toute la journée, il devrait s'y plier.

Pourtant, il resta sur ses gardes, pensant que l'enfant était peut-être envoyée par son roi. Arwin lui présenta tout de même son royaume de façon consensuelle, n'hésitant pas à user des clichés habituels, terre sombre et désertique, afin d'ennuyer son interlocutrice. À sa grande surprise, l'enfant prit un véritable plaisir à l'évocation de ces lieux lointains. Elle insista pour qu'il lui raconte toutes les histoires et légendes de son peuple.

Au fil des jours, Arwin prit plaisir à ces entractes, dans la morne monotonie de sa détention. Mais, il sentait au plus profond de lui-même que la situation allait radicalement changer, il devait se tenir prêt.

Une après-midi, Aïthem lui rapporta le petit pot de leur première entrevue. Un large sourire aux lèvres, elle lui fit constater la bonne santé de la plante. Arwin la remercia de cette attention et se fit plus grave :

– Écoute-moi bien Aïthem, tu dois quitter la cité le plus rapidement possible !

– Mais pourquoi donc ? demanda l'enfant interloquée.

– Vous allez être attaqué, une armée est en marche, je le sens ! rétorqua Arwin comprenant par la même qu'il trahissait les siens.

– Mais ce n'est pas possible, prince Arwin. La cité est bien trop loin des frontières. Nous ne craignons rien ici.

– Il n'existe plus de terre à l'abri des combats désormais. Tu dois m'écouter et prévenir ta sœur. Elle te mettra en sécurité. Ne prends pas cette menace à la légère et fais vite.

Aïthem sentit la tension dans les paroles du prince. Elle s'inclina et sortit précipitamment de la pièce. Arwin se redressa, il était déjà trop tard, l'attaque semblait désormais imminente !

*

*   *

Une première déflagration perça l'air immobile. Elle fit vibrer les murs de la cité avant de s'éteindre aussi soudainement qu'elle était née. Le silence retomba, complet, angoissant. Il ne dura qu'un instant. Une autre détonation effroyable survint, puis une troisième bien plus proche.

La ville était bombardée ! Le chaos indescriptible qui résulta de cette attaque révéla l'apathie d'une population jusqu'alors épargnée. Les elfes clairs se savaient en guerre, mais n'étaient pas préparés à un tel déferlement de violence aussi loin dans leur terre, dans des villes très peu fortifiées. Ils se pensaient à l'abri dans leur belle cité, loin des forteresses et murailles frontalières, persuadés de pouvoir repousser les combats grâce à leur magie. Maintenant, l'ennemi se trouvait à leurs portes, décidé à réduire en cendres tout ce qu'il pourrait atteindre.

Une indescriptible confusion se répandit parmi les elfes effrayés qui tentaient de fuir le danger. La foule, hagarde, courait en tous sens, s'exposant davantage par son désordre, à la mort qu'elle croyait éviter. Les premiers bâtiments touchés s'écroulèrent dans un fracas étourdissant, soulevant des nuages de poussière âcre. Celle-ci recouvrit les rues, les jardins, les habitations, mais aussi les fuyards, rendant leur respiration difficile. Alors que les gravats s'accumulaient, l'air devint aussi opaque que du brouillard. Dans cette atmosphère apocalyptique se dessinaient les vagues silhouettes des habitants épouvantés et celles, plus menaçantes, des assaillants, pénétrant par vagues successives dans les entrailles de la ville.

Cette pluie de pierres et de feux n'était que le préambule d'une invasion qui se solderait par la destruction complète de la cité. Les lourds tambours de guerre résonnaient et accompagnaient la prise de chaque rue.

L'attaque traditionnelle, avait conclu Arwin sans surprise : un bombardement explosif auquel succédait l'arrivée des troupes. Il concentra sa force intérieure et éleva au maximum son bouclier corporel. Il devait se préparer à survivre coûte que coûte dans ce chaos. Durant toute l'avalanche de roches et de feux, il espéra voir sa prison détruite. Il ne fut pas déçu. La troisième averse ravagea le quartier et frappa les fondations de la tour qui le détenait, éventrant plusieurs murs. Par chance, sa prison ne s'effondra pas sur elle-même, mais bascula comme un arbre mort. Fragilisée, elle resta ainsi, dans cette étrange position, retenue par les gravats des maisons voisines. Cette inclinaison soudaine entraîna le mouvement de tout ce qui trouvait dans la pièce contre le mur du fond, artefacts compris. Désormais alignés, ils étaient devenus tout à fait inefficaces.

Libéré de leur emprise, Arwin ne perdit pas une seconde pour s'échapper. La tour risquait de s'écrouler à tout moment et il préférait être le plus éloigné possible lorsque cela arriverait.

Le prince elfe sombre se retrouva enfin dans son élément ; la guerre !

Alors qu'il parcourait la ville en ruine, il se demanda amusé à quoi elle pouvait bien ressembler avant l'attaque ? Divers palais détruits, jardin incendié l'informa de la splendeur passée des lieux, il s'en amusa et contempla ce chaos avec ravissement.

Des cris et des hurlements s'élevaient de chaque ruelle. Les elfes clairs seraient donnés sans distinction en pâture aux troupes qui s'avançaient. Il savourait ce juste retournement des choses. Un large sourire aux lèvres, il ramassa une épée abandonnée auprès d'un cadavre défiguré et partit prélever son dû d'âmes ennemies. Il avait du retard à rattraper et quelques dettes à éponger !

Les géants, aidés par les mages elfes sombres, avancèrent méthodiquement. Aucun foyer de résistance ne fut épargné. Une fois les troupes de défenseurs écrasées, les trolls, alliés récents et difficilement contrôlables, fouillèrent avec soin les recoins pouvant encore abriter des survivants. La cité était quasiment détruite. Seules quelques bâtisses encore debout et noircies par les flammes témoignaient encore de sa grandeur passée. Pourtant, les incendies finiraient de ravager ce qui n'avait pas été écrasé.

Ils s'élevaient dans l'air les hurlements de douleur ou de désespoir des vaincus, les gémissements rauques des mourants et les cris de satisfaction brutaux des envahisseurs. Dans ce vacarme indescriptible, Arwin reconnut pourtant une voix. Il se retourna et aperçut la jeune princesse Aïthem, sa magnifique robe en lambeaux. Elle se débattait farouchement au milieu d'une troupe de trolls. Ces monstres se chamaillaient pour savoir lequel d'entre eux pourrait la dévorer. Les elfes sombres avaient pris l'habitude de les laisser disposer à leur guise des survivants.

Arwin ordonna avec une fermeté n'autorisant aucune objection :

– Lâchez-la !

Instinctivement, les soldats s'exécutèrent. L'aura de puissance que dégageait cet elfe sombre imposait le respect. L'enfant se précipita directement sur le petit pot de terre miraculeusement épargné à quelques pas d'elle. Les trolls s'inclinèrent devant le prince elfe sombre et, tout en reculant, celui qui semblait être leur chef se plaignit :

– C'est que nous avons faim, Votre Altesse. Cette

petite promet d'être succulente. Regardez comme elle est jeune et…

– Elle est à moi ! Disparaissez !

Les trolls ne se firent pas prier. De toute façon, ce n'étaient pas les proies qui manquaient dans cette cité livrée au carnage et au pillage.

Arwin s'approcha d'Aïthem. Elle était terrorisée, mais venait de le reconnaitre ; naïvement, elle lui sourit. Alors qu'il se penchait pour l'aider à se relever, il sentit une ombre surgir derrière lui. Instinctivement, il renforça son bouclier magique corporel et se retourna, plaçant la jeune princesse sous sa protection.

La princesse Erindell lui faisait face, une longue dague à la main. Elle aussi portait les stigmates des combats. Elle saignait abondamment du bras et de l'épaule gauche. Pourtant elle semblait prête à se battre et serrait farouchement son arme. Sentant une hésitation dans le regard d'Arwin, elle en profita. Le poignard en avant, ivre de rage, elle se précipita sur lui.

Elle fut stoppée net par le claquement sec d'un fouet magique. Elle resta ainsi prisonnière, les bras liés au corps. Le coup fut si puissant, qu'elle en perdit connaissance.

L'elfe sombre, qui tenait le fouet, s'avança en jubilant :

– Quelle heureuse journée ! Et voilà que le prince Arwin devient mon débiteur.

Ce dernier, toujours silencieux, reconnut l'une des cousines magiciennes de sa mère. La princesse Golvan n'était pas réputée pour sa clémence. Il n'aimait pas cette femme, elle représentait tout ce qu'il détestait chez les elfes sombres. Comme il se doit, il s'inclina devant son ainée.

– Mes respects, Altesse. Merci pour votre

intervention. Ma mère vous en sera éternellement reconnaissante. Vous n'êtes pas sans savoir qu'elle vous apprécie déjà beaucoup. Mais, je me charge de ces deux-là et compte bien les tuer moi-même.

– Grave erreur, Prince Arwin, elles ne doivent pas être tuées. Celle que je retiens prisonnière est la princesse royale Erindell et l'autre, à ses pieds, est sa petite sœur, la princesse Aïthem. Elles doivent être enchainées et conduites sans délai devant notre matriarche !

Arwin resta immobile, ne pouvant détacher ses yeux de l'enfant pétrifiée de peur devant lui. Mais pourquoi tenait-elle encore cette maudite plante dans ses mains, POURQUOI ?!

Alors, il se retourna et d'un geste rapide trancha le fouet qui retenait Erindell prisonnière.

Le prince fit face à son ainée :

– Je les tuerai moi-même ! Et je vous demande, respectueusement, de vous écarter !

– Dois-je comprendre que, manifestement vous refusez d'exécuter les ordres de notre matriarche ? Votre détention vous a-t-elle fait perdre la raison ? Êtes-vous sous l'emprise d'un sortilège, Prince Arwin ?

Une dizaine de soldats elfes sombres s'étaient regroupés autour de la magicienne. La situation semblait bien mal engagée pour Arwin.

– La princesse Erindell m'a torturé durant mon incarcération. Il est de mon devoir de le lui faire payer !

– Votre soif de vengeance est légitime, mais ne saurait supplanter les ordres de notre Reine. Écartez-vous, Prince, que les nôtres s'emparent des prisonnières.

Alors, Arwin prit une décision lourde de conséquences.

Il propulsa un champ de force devant lui, qui

percuta violemment tous les elfes sombres présents, les plaquant au sol. Puis il se retourna, prit Erindell sous un bras et Aïthem sous l'autre et se concentra de toutes ses forces. Il se téléporta dans l'endroit le plus éloigné, à sa connaissance, de ce champ de bataille.

Ils réapparurent en Vanaheim, terre des dieux Vanes. Arwin venait de les emporter dans un royaume si lointain, qu'il était oublié de tous.

Ils gisaient tous à même le sol, inconscient. En face d'eux s'étendait une cité antique. Curieusement, elle semblait abandonnée et hormis les trois silhouettes étendues sur l'herbe, rien ne semblait avoir bougé ici depuis des siècles.

Chapitre 2

« En même temps apparut Audhumla, la vache nourricière. De ses pis coulaient quatre rivières de lait, dont Ymir se nourrissait. Cette dernière léchait continuellement la glace de Ginnungagap, d'où naquit Buri : le premier jour, ses cheveux apparurent ; le deuxième jour, l'on vit sa tête ; et le troisième jour, il fut achevé... »

(Völuspá, act2)

*

*   *

La noblesse elfe sombre vécut pendant des millénaires dans la crainte de voir ses enfants assassinés par des tueurs elfes clairs devenus expert dans l'art du camouflage. Malgré leurs efforts, le tribut payé à cette guerre qui n'avouait pas son nom ne fit qu'augmenter. Face à cette menace indicible, les matriarches répondirent d'une curieuse façon : la fuite !

Pour son cinquième anniversaire, Nagaaril la mère du prince Arwin contraint son fils à la suivre dans un voyage initiatique vers des contrées lointaines. Ils préparèrent avec soin leur voyage et atteignirent les limites du Svartalfheim sans encombre. Avec précaution, ils pénétrèrent dans le royaume des nains, le Nidavellir. Sous le couvert de la nuit, ils évitèrent les nombreuses patrouilles des gardes-frontières et franchirent le pont menant vers Asgard, la terre des dieux Ases.

À cette époque, cet accès était peu gardé et ils réussirent à passer inaperçus. Ils poursuivirent leur voyage durant plusieurs jours et finirent par atteindre le Vanaheim, terre des dieux Vanes. Ce royaume, autrefois prospère, fut laissé à l'abandon. Ces occupants avaient rejoint les dieux Ases dans leur forteresse d'Asgard et n'y étaient jamais revenus. Tout semblait figé dans l'attente de leur hypothétique retour.

Le prince et la matriarche poursuivirent leur route jusqu'aux portes d'une immense cité.

Nagaaril montra avec soin les diverses formules magiques nécessaires pour désactiver les protections laissées par les anciens occupants, puis ordonna l'ouverture des impressionnantes portes.

Elle se retourna alors face à son fils et lui parla avec autorité :

– Ici, mon fils, tu pourras toujours trouver refuge si tu en as besoin. Imprime bien ces portes dans ta mémoire, afin de pouvoir t'y rendre si tu es en danger.

Arwin mémorisa avec soin la scène et se répéta plusieurs fois mentalement les divers signes qu'avait réalisés sa mère pour obtenir l'ouverture des portes. Nagaaril prit la main de son fils et se dirigea vers un temple bien particulier.

– Rappelle-toi bien, mon fils, ce temple est le seul ou ta présence sera acceptée. C'est celui de la déesse Freya, elle nous a accordé sa confiance et son hospitalité. Nous devons cette faveur à un acte anodin, mais qui compta beaucoup pour elle. J'ai sauvé l'un de ses précieux chats et obtenu sa bénédiction. Garde bien ce secret pour toi. Ici, tu seras toujours protégé et en sécurité. Et si je dois te retrouver, c'est par cet endroit que j'entamerai mes recherches.

Ils pénétrèrent respectueusement dans l'immense temple et Nagaaril s'inclina longuement devant la statue de la déesse. Elle entama alors un rituel long et compliqué, mêlant chants et incantations magiques. Elle grava, dans le marbre du mur, le nom de son fils puis ajouta à voix haute :

– Le prince Arwin ici présent a accompli la longue marche depuis son pays natal jusqu'au temple de Freya en signe de respect et d'abnégation. De droit, il pourra y revenir et être accueilli en ami !

Elle fit trois pas en arrière puis rejoignit son fils. Ensemble, ils s'inclinèrent et prièrent avec ferveur. 'Voilà qui est chose faite' se félicita Nagaaril en se redressant. Elle saisit la main de son fils et concentra son esprit sur son palais. Lorsqu'elle rouvrit les yeux, ils étaient revenus dans leur royaume. Elle fit jurer à son fils de garder le secret sur la destination de leur voyage, car ce lieu ne devait rester connu que de lui seul ! Cette cachette lui sauverait tôt ou tard la vie, elle en était certaine.

*

* *

Trois corps gisaient au sol, inconscients. Un elfe sombre et deux elfes clairs, dont une enfant tenant toujours une plante dans ses mains. Lentement, une forme se matérialisa auprès d'eux. Il sourit à la vision de ce spectacle inhabituel, puis s'éloigna ramasser du bois. Une fois le fagot réuni, il prépara un feu et s'assit en attendant le réveil des voyageurs.

C'est la princesse Erindell qui reprit connaissance

la première. Elle se redressa et en titubant, se rapprocha de sa sœur. Aussi improbable que cela puisse paraître, elles étaient en vie et loin des combats. Lorsqu'elle reconnut le corps du prince Arwin sur le sol, elle dégaina une dague restée cachée dans sa botte et s'avança, bien décidée à le tuer sans délai.

La peur la saisit lorsqu'elle s'aperçut qu'il se réveillait, lui aussi, et tentait de se redresser.

Sans état d'âme, elle le saisit par les cheveux et tira sa tête en arrière, ce qui dégagea sa gorge. Elle devait être rapide et efficace, elle n'aurait sûrement pas d'autres occasions.

Alors qu'elle levait sa dague, elle réalisa qu'on lui parlait. Une terreur sourde l'envahit, sa main venait de se figer. Elle ne pouvait finir son geste.

Affolée, elle chercha autour d'elle ce qui pouvait bien ainsi retenir sa dague ?

Les yeux emplis de larmes elle reconnut le sage Andvari. Tombant à genou, elle supplia :

– Au secours, vénéré Andvari, c'est un elfe noir !

Le nain ne bougea pas, un large sourire aux lèvres. Il lui tendit la main et tenta de la rassurer :

– Viens auprès de moi, Erindell et lâche ton arme.

– Mais, vénéré, vous ne comprenez pas ! C'est un puissant magicien. Il va se réveiller et je ne pourrai sûrement pas l'arrêter. Il va tous nous tuer ! Nous n'aurons pas d'autres chances de le neutraliser, il faut faire vite.

À son tour, Aïthem se réveilla. Après avoir constaté que sa plante n'était pas brisée, elle se redressa. En reconnaissant le nain légendaire, elle s'inclina maladroitement. Puis, voyant sa sœur ainée, elle se jeta dans ses bras. Un large sourire aux lèvres, elle déclara :

– J'étais sûr qu'il trouverait un moyen de nous sauver !

Erindell n'en croyait pas ses oreilles. '*Il*' ? De qui parlait-elle, du vieux nain ou du prince ? Elle devait vite reprendre les choses en mains et les débarrasser de cet elfe sombre avant qu'il ne soit trop tard !

Andvari, l'ami des dieux, se leva et la jeune princesse se plaça sous sa protection. Il ajouta :

– Ecoute ta sœur, Erindell ! Le prince Arwin n'est plus ton ennemi.

Erindell resta tétanisée par ces paroles. Pour couronner le tout, voilà que l'elfe sombre s'éveillait. Il ne lui restait que quelques secondes pour agir, après, il les tuerait toutes les deux sans remords. Mais elle devait obéir à Andvari. De toute façon, qui mieux que lui pourrait les protéger ? Elle fit un pas de côté et la dague toujours à la main, se prépara à défendre chèrement sa vie.

Le corps d'Arwin n'était plus que douleur. Péniblement, il se redressa et resta assis à même le sol. La situation ne semblait pas bien prometteuse. Sur sa gauche, Erindell le menaçait d'une dague qui semblait bien aiguisée et, sur la droite, cette petite idiote de princesse attendait dans les bras d'un nain qui semblait bien être le mythique Andvari. Décidément, il s'était mis dans de beaux draps et allait payer très cher cette folie.

Une nouvelle fois, il se demanda ce qui l'avait poussé à se fourvoyer de la sorte.

Le nain prit la parole :

– Approche, Prince Arwin, viens te réchauffer près du feu.

Toujours sous la menace de la dague, Arwin s'approcha. Comme il se devait, il s'inclina devant le sage et ami des dieux. Puis, il fit un petit signe discret à Aïthem et s'assit. Erindell le suivit et se plaça à sa droite, la dague toujours bien en vue. Andvari ajouta :

– Belle prouesse, Prince Arwin, que ce saut entre deux royaumes, sans compter tes deux passagères. Peu de magiciens peuvent se vanter d'avoir survécu à un tel exploit !

Arwin ne répondit pas. Exploit ou non, les mages elfes sombres n'allaient pas mettre longtemps à le retrouver. Une fois entre leurs mains, les explications allaient être douloureuses, surtout pour lui !

Après un long silence, Aïthem dit à sa sœur :

– Erindell, je meurs de soif.

Arwin, sans même y réfléchir, prit un morceau du pain elfique dans sa poche et le tendit à l'enfant. Erindell l'attrapa et le jeta au loin. Pointant toujours sa dague, elle ajouta :

– Tu n'empoisonneras pas ma sœur avec ton pain maudit !

Arwin resta assis et ajouta simplement :

– Ce pain est celui dont vous me nourrissez depuis des semaines. Si tu préfères que ta sœur meure de faim et de soif, c'est ton choix. Dans deux jours, je t'aiderai à creuser sa tombe !

Aïthem lança un regard réprobateur à sa sœur et se leva. Elle ramassa le pain et revint à sa place le manger goulûment. Andvari regarda alors Arwin dans les yeux.

– Ils approchent, tu vas devoir te défendre.

– Comprends bien, sage Andvari, que je ne combattrai pas ceux de ma race.

– Alors, je te demande de tuer toi-même les deux princesses et d'accepter la sentence de mort que déclareront immanquablement tes juges. Au moins toi, tu auras droit à un procès.

– Nous devons tous accepter notre destin !

– Je croyais qu'en venant en ce lieu, tu avais choisi

de suivre ton propre destin ?

Aïthem regarda Arwin et lui demanda :

– Penses-tu, Prince Arwin, que ceux qui arrivent seront méchants, comme ceux dont tu me disais de me méfier ?

Erindell ouvrit de grands yeux surpris. Sa sœur connaissait donc l'elfe sombre, ils s'étaient déjà parlé ?

Arwin préféra ne pas répondre, mais les deux sœurs comprirent à quel point ceux qui allaient arriver seraient cruels. Las, il se leva et sans même s'en rendre compte se prépara à les recevoir. Andvari, à son tour, se leva et murmura :

– Tu n'es pas comme eux ! N'abdique pas face à ces sauvages, sois digne de ton rang et impose tes choix. Ils n'ont aucune légitimité à te forcer. Tu n'as pas à accepter leur logique, leurs lois ne te concernent plus ! se retournant vers Erindell, il ajouta, prépare-toi à vendre chèrement ta vie !

Erindell tira en arrière sa sœur et lui désigna son médaillon. Les elfes, de sang royal, avaient une amulette magique qui leur permettait de se transporter vers une personne de leur choix, s'ils l'estimaient nécessaire. Après un transfert, ces médaillons se rechargeaient automatiquement. Mais il fallait patienter plusieurs jours, voire plusieurs semaines en fonction de plusieurs critères tels que la corpulence du mage ou la distance parcourue entre le point de départ et d'arrivée.

L'enfant comprit ce qu'elle devait faire, mais se figea lorsqu'elle regarda celui de sa sœur. Elle dit :

– Mais, Erindell ! Ton médaillon ne brille plus ?

Les larmes aux yeux, Erindell répondit :

– Oui, je l'ai utilisé pour te retrouver tout à l'heure. Aïthem, tu dois profiter du tien pour te rendre auprès de notre père. Là-bas, tu seras en sécurité !

– Non, je veux rester avec toi ! rétorqua l'enfant paniquée.

– Ne sois pas bête. Le seigneur Andvari et le Prince Arwin me protégeront. Toi, tu es en danger ici, écoute-moi !

Arwin intervint :

– Obéis à ta sœur, jeune princesse, et retourne auprès des tiens. Ils doivent être très inquiets, il est de ton devoir de les rassurer. Je protègerai ta sœur, tu le sais bien, mais ne parle pas de moi à ton roi, cela pourrait l'inquiéter inutilement.

Erindell ajouta à contrecœur, pour finir de convaincre sa sœur :

– Oui Aïthem va rassurer les nôtres. Je ne suis pas en danger, pars sans crainte.

La jeune princesse serra fortement son pendentif et peu à peu, disparut.

Soulagé de ne plus avoir l'enfant à protéger, Arwin se retourna, prêt à affronter ses adversaires. Il ne fut pas surpris de constater que le nain venait lui aussi de se volatiliser.

En quelques instants, l'air s'électrisa et trois elfes sombres se matérialisèrent devant eux. Puis, deux autres apparurent au côté de la princesse Golvan. Elle avança de quelques pas et en quelques ordres brefs, donna ses directives. En silence, ses hommes entourèrent le prince qui resta impassible, puis elle jeta un regard rapide alentour et sans le regarder s'adressa à Arwin d'un ton sec :

– Où est la petite ?

Sans répondre à sa question, Arwin rétorqua :

– Retourne d'où tu viens, toi et tes hommes.

La tension monta d'un cran, l'affrontement semblait inévitable.

– Prince Arwin, votre attitude est inqualifiable. Laissez-moi pénétrer votre esprit et vous libérer du sortilège que vous a jeté cette trainée !

Erindell ne réagit pas à l'insulte, mais se promit de lui faire payer très cher son insolence. Arwin concentra sa volonté et frappa le premier. Son esprit était aussi clair que de l'eau de source et laisser cette femme y pénétrer n'aurait fait que confirmer ses soupçons.

L'onde de choc percuta ceux qui lui faisaient face. Ils furent projetés plusieurs mètres en arrière, ce qui lui permit de se retourner pour affronter ceux qui s'étaient regroupés derrière lui. D'un geste sec, il propulsa une lame d'énergie qui décapita le premier et attira à lui son épée tombée au sol. Il laissa l'autre garde à la charge d'Erindell qui semblait être en mesure d'en venir à bout.

Folle de rage, la princesse Golvan se relevait et contre-attaqua aussitôt.

Arwin profita de l'énergie libérée par son adversaire pour se laisser propulser, l'épée en avant, sur l'un des gardes qu'il transperça. Débarrassé des soldats et sûr de ses forces, le prince toisa son aînée avec dédain. Mentalement il l'avertit « Tu n'auras pas d'autre chance de sauver ta misérable vie ! ».

Pour toute réponse, elle concentra ses pouvoirs et le dévisagea avec fureur, puis hurla :

– Comment oses-tu verser le sang de tes propres frères !

– Retourne d'où tu viens et informe le conseil que je ne combattrai plus en son nom !

– Sale traître ! Je vais te couper la tête et nos nécromanciens se feront un plaisir de la réanimer afin que tu le leur expliques toi-même.

Erindell, qui venait de tuer le deuxième garde, attira à elle le dernier soldat et jeta un œil inquiet aux deux protagonistes qui se défiaient. Lequel, de ces deux mages, allait sortir vivant de cette confrontation ?

Le combat reprit dans un festival de lumières et de détonations. Arwin, malgré ses talents, reculait devant la puissance déchainée de Golvan. Il tenta à plusieurs reprises de contourner les défenses de son adversaire, mais elle se révéla plus expérimentée que lui, plus rapide et peut-être même plus forte. L'énergie qu'il avait utilisée pour se téléporter lui manquait terriblement.

Erindell malgré tous ses efforts n'arrivait pas non plus à sortir victorieuse de son duel. La situation devenait plus tendue que jamais.

Arwin décida donc de faire d'une pierre deux coups. Il posa sa main sur le sol et deux fines pointes de terre s'élevèrent. La première se brisa contre le bouclier magique de Golvan, alors que l'autre transperça de bas en haut le dernier soldat.

Voyant son garde ainsi empalé, Golvan attaqua furieusement en propulsant en tous sens des gerbes de flammes. Arwin encaissa le choc et se retrouva propulsé au sol. Avant qu'il puisse se relever, la magicienne était derrière lui et, d'un geste sec, brisa les restes de son bouclier magique.

Arwin gisait désormais au sol sans défense, à la merci de son adversaire. Golvan s'avança triomphante et s'exclama :

– Quel gâchis ! l'affront sera lavé dans ton propre sang !

Derrière eux, Erindell avait ramassé l'épée d'Arwin. Elle se redressa et regroupant toutes ses forces, se jeta sur la magicienne. Avec horreur, elle se rendit compte que l'arme ne s'enfonçait pas dans son dos, le bouclier magique étant bien trop épais. Joignant ses forces physiques et magiques, elle s'arcbouta et parvînt, au prix d'un violent effort, à enfoncer la pointe de l'épée dans le dos de son ennemi.

Une telle blessure n'aurait laissé aucune chance à tout adversaire autre qu'une magicienne de la trempe de la princesse Golvan. Instinctivement, une grande quantité d'énergie remonta le long de l'arme et frappa Erindell. Mais, inexorablement, l'épée avançait et transperçait Golvan, qui se sentit mourir. Elle hurla sa rage et intensifia le flot d'énergie qui remontait le fil de l'arme.

Erindell cria à son tour de douleur, ses mains étaient maintenant rouges de sang. Pourtant, l'épée poursuivait sa course inexorablement.

À l'article de la mort, Golvan réussit à articuler :

– Retire cette épée de mon dos et je t'épargnerai, je me contenterai de la tête de ce traître. Cet homme est autant ton ennemi que le mien. Laisse-moi l'emmener, et tu as ma parole que tu ne seras pas inquiétée !

Erindell, au bord de l'évanouissement, jugea la proposition bien tentante. Cette sorcière ne valait guère mieux que le prince qui gisait à ses pieds.

Pourtant, elle continuait d'appuyer sur la garde de l'épée en se contentant de dire :

– Si quelqu'un doit tuer cet elfe noir, ce sera moi et personne d'autre ! Quant à toi, Dokkalfar, contente-toi de rejoindre la déesse Hel, en enfer, et de lui passer mon bonjour !

D'un coup sec, elle transperça le corps de son adversaire et la lame arriva en butée sur sa garde. Alors que Golvan s'affaissait sur le sol, Erindell murmura : 'la trainée ici, c'est toi et nulle autre !'. L'une mourut à cet instant et l'autre s'écroula au sol, inconsciente. Un lourd silence figea la scène.

Arwin reprit lentement conscience, plus incrédule que jamais d'être toujours en vie. Golvan gisait dans une mare de sang, une épée plantée dans le dos. Erindell, inconsciente, tenait l'autre bout de l'épée. La confrontation entre les deux princesses avait dû être terrible, surtout pour l'elfe sombre.

Il ne devait pas se réjouir de la mort d'une magicienne de son peuple, mais il la haïssait tant.

Il ne devait pas non plus se réjouir de la victoire d'une elfe claire, mais si tout ceci avait un sens, cela ne pouvait être que dans l'ordre des choses.

Il se releva et vérifia que l'ensemble de ses adversaires étaient bels et bien morts. Puis, il se pencha sur Erindell. Elle perdait du sang et ses mains semblaient gravement brûlées. Lentement, il pansa et referma ses plaies puis déversa en elle le peu d'énergie qui lui restait.

Semblant surgir de nulle part, le nain Andvari réapparut. Il s'approcha et baigna de sa clémence les survivants de ce combat. Intervenir directement lui était interdit, certains combats devaient être livrés et gagnés sans aucune aide. C'était à ce prix seulement que ces victoires prendraient du sens et influeraient sur l'avenir.

Erindell, reprit-elle aussi lentement conscience et sans un mot, se leva et rejoignit le nain. Arwin resta seul au milieu du champ de bataille et des morts.

Comment expliquer ce massacre ? Un prince elfe sombre tuant les siens, cela n'avait pas de sens !

Il s'assit à même le sol et dit :

– Sage Andvari, emmène la princesse avant que d'autres ne viennent. Plus elle sera loin de moi, mieux tu pourras assurer sa sécurité.

– Le penses-tu vraiment ?

Arwin resta stupéfait par cette question.

– Mais, tu vois bien que je suis désormais un fugitif ! Ils vont me pourchasser, et une fois que je serai à leur merci ils m'abattront sans aucune hésitation !

– C'est bien pourquoi tu aurais peut-être besoin de l'aide d'une magicienne de la trempe de la princesse Erindell ?

À son tour, Erindell n'en croyait pas ses oreilles. Offusquée, elle s'indigna :

– Le Prince Arwin a parfaitement raison, il va être traqué ! Rester près de lui est dangereux ! De plus, nos peuples sont ennemis depuis la nuit des temps, nous n'avons rien en commun.

Andvari sourit, ou du moins grimaça, tant son visage était disgracieux :

– Je te trouve bien ingrate, Erindell. Le prince Arwin ne vient-il pas, une nouvelle fois, de te sauver la vie ?

– Mais c'est moi qui lui ai sauvé la vie ! D'ailleurs, *MOI* ! Je ne suis pas pourchassée !

– L'armée qui se masse devant Asgard détruira tout sur son passage et l'Alfheim risque bien d'être sa prochaine cible. Ton sang et ton rang font de toi une proie de choix. Tu vas vite devenir une fugitive, sois en certaine ! Les passerelles vers ton royaume sont désormais fermées, tant que ton médaillon ne sera pas rechargé, tu dois être extrêmement prudente.

Andvari avait raison, pour l'instant elle devait survivre et attendre d'être en mesure de s'enfuir. Le prince Arwin se redressa alors, le regard dans le vague, il annonça :

– Il en vient d'autres ! Nous ne pourrons les combattre tous. Il faut fuir dans la cité, je connais un endroit où nous serons en sécurité. Suivez-moi !

Comme il l'avait appris enfant, il répéta les gestes compliqués devant les larges portes de la cité des dieux Vanes. Sans surprise, les portes s'ouvrirent lentement et avec appréhension, ils entrèrent dans ce lieu antique et mystérieux.

De larges temples, de pierre et de marbre, bordaient une route pavée qui se perdait au loin à travers des bâtiments tous plus grandioses les uns que les autres. Le temple de la déesse Freya se trouvait derrière de grandes fontaines de granite d'où jaillissait une eau claire et limpide. Les jardins et les parcs resplendissaient de végétation et d'arbres de toutes les variétés. Les abords et les terrasses des temples rayonnaient de peintures et sculptures impressionnantes.

Les elfes ne pouvaient qu'avoir le souffle coupé face à tant de splendeur. Seul Andvari, habitué des lieux, resta impassible et les obligea à presser le pas.

Rapidement, ils se faufilèrent parmi les salles du majestueux édifice et se rendirent dans la salle des prières, face à l'imposante statue de la grande déesse Freya.

Arwin s'inclina et pria pour que les défenses de la grandiose cité divine soient à la hauteur des légendes. La suite lui prouva qu'il avait raison.

*

*   *

À cet instant, une troupe hétéroclite se matérialisa devant l'antique cité. Elle était composée de dix elfes sombres dont deux mages, et d'une vingtaine de trolls des montagnes. Quatre hommes fermaient la marche, dont deux sorciers. Voyant les portes de la citadelle ouvertes, ils avancèrent prudemment.

Instantanément, les quatre statues de pierre qui en gardaient l'entrée s'animèrent et attaquèrent, ce fut un véritable carnage. La charge fut si soudaine que personne ne put se défendre. Ce n'est que dans la fuite qu'ils trouvèrent une chance de survie. Lorsqu'ils eurent suffisamment reculé, les statues reprirent leur place initiale et se figèrent dans une attente angoissante. La plupart des trolls et quelques soldats humains gisaient à même le sol, broyés et déchiquetés par les bras de marbres. Seuls les mages qui possédaient un bouclier magique survécurent à la sauvagerie de cette attaque.

Après de vaines tentatives magiques, afin de bloquer ces gardes encombrants, les mages abandonnèrent tous espoirs de pénétrer le lieu saint. Ils devaient se rendre à l'évidence, la puissance chargée de la protection de la cité était de nature divine. Il n'était pas concevable de tenter un passage en force.

Les dieux Vanes avaient été très prudents et rien ni personne ne pénétrerait dans leur cité sans leur consentement. Et cela, jusqu'à ce qu'ils en aient décidé autrement !

À bout de force, les rescapés de la troupe reculèrent, en laissant vingt-quatre corps derrière eux. Les trolls avaient été exterminés ainsi que de nombreux soldats. Les sorciers insistèrent pour repartir, mais les elfes sombres refusèrent. Ils savaient que leurs proies étaient bel et bien à l'intérieur de la cité. Comment le prince Arwin avait-il pu réussir à passer les gardes de la porte ? Le mystère restait entier.

Sous l'autorité des mages elfes sombres, un campement fut monté. Il fallait à tout prix surveiller le renégat afin qu'il ne s'échappe pas à nouveau. Le temps jouait pour eux. Tôt ou tard, il devrait bien sortir ! En toute hâte, ils installèrent un artefact magique d'interception, pour le cas où le traitre essaierait de se volatiliser dans un autre royaume.

*

*   *

Aussi infime soit-elle, la présence des intrus dans cette immense cité troubla le repos millénaire des lieux. Ne sachant s'ils devaient intervenir ou non, les divers gardiens des autres édifices préférèrent ignorer l'incident et retournèrent dans leur sommeil attentif.

Dans le temple de la déesse Freya, Arwin faisait les cent pas. Même s'ils étaient pour l'instant à l'abri, cette situation ne pourrait durer éternellement. Il prit la parole :

– Je ne pourrai pas protéger la princesse éternellement ! Avec moi, elle est en danger. Séparés, nous aurons plus de chance de leur échapper. Andvari, elle fait partie de ton camp, tu dois la mettre à l'abri !

Le nain se leva et dit :

– Où comptes-tu te réfugier ?

Arwin restait sur ses gardes. Le sage Andvari, ami des dieux, bien que respecté restait l'un de ses adversaires. Ne faire confiance à personne, être méfiant, c'étaient les consignes que tout jeune elfe sombre apprenait de ses parents dès son plus jeune âge.

– Ma destination n'a pas d'importance, car j'en changerai une fois arrivé.

– C'est donc une vie de fuyard, de renégat, à laquelle tu te résous ?

– Mais, es-tu bien conscient de la situation. Ils vont me traquer où que j'aille ! Je suis un mort en sursis. Inutile de l'entrainer dans ma perte.

Le nain emmena alors Arwin un peu à l'écart et lui dit :

– Prince Arwin, je te confie la garde de la princesse. Dehors, la guerre fait rage. Personne mieux que toi ne pourra la protéger des périls qui la guettent.

– C'est de la folie ! Tu n'imagines pas l'armada qui se regroupe pour prendre d'assaut Asgard. Il s'agenouilla alors devant le nain : la défaite est sur vous, même les dieux ne pourront survivre aux forces qui se sont massées contre eux !

Passant ses doigts potelés dans la chevelure blanche du prince, Andvari répondit :

– Je sais tout cela…

Le prince resta sans voix. Si Andvari connaissait l'issu de la bataille, quel choix pouvait-il rester ?

– Mais que faire ? Quel avenir nous est réservé ?

– L'avenir est souvent contradictoire. D'une défaite peut naître une victoire, encore faut-il en avoir prévu les conséquences et s'en servir à son avantage. C'est exactement ce à quoi je m'emploie. Accepter ce que je ne peux contrer pour mieux préparer la suite !

Andvari regarda droit dans les yeux Arwin et, mentalement, lui dit :

– Ton avenir dépend de toi désormais, ne laisse personne te dicter tes actes !

Puis il disparut, laissant les deux elfes seuls dans cet immense temple. Sans un mot, Erindell s'assit dans un coin. Les yeux dans le vague, elle tenta de rassembler ses esprits. Pourtant une question lui brulait les lèvres, elle ne pouvait la retenir plus longtemps :

– Connaissais-tu Aïthem ?

– Quelle drôle d'idée ! Je n'ai que faire d'une elfe claire, même princesse.

Erindell bondit sur ses pieds et se rapprocha du prince.

– Ne me prends pas pour une idiote. Pourquoi connaissait-elle ton nom, elfe sombre ?

– Cette petite peste venait sans vergogne m'importuner dans ma prison, je l'aurais bien tué de mes propres mains, si vos artefacts l'avaient permis !

– Je n'en crois pas un mot ! rétorqua Erindell furieuse.

– Eh bien détrompe-toi ! C'est de votre faute si je suis dans cette situation ! Ce sont les miens qui détruisaient votre cité !

Erindell préféra s'éloigner un peu du prince, la colère du magicien était palpable dans la concentration magique qu'il accumulait. D'un ton plus bas, elle ajouta :

– Nous ne t'avons rien demandé Svartarlfar !

– Et vous ne me devez rien, nos routes n'ont fait que se croiser. Pour mon plus grand malheur. Quand ton médaillon sera à nouveau prêt, tu rejoindras ta sœur et moi, je ferais face aux miens et je devrai répondre de mes actes.

Dans un coin, restait perdue la petite plante d'Aïthem. Erindell la prit dans ses bras et murmura :

– Aïthem adorait cette plante…

– Je sais, elle vient du Svartalfheim, ajouta Arwin.

– J'ai passé des semaines à tenter de la soigner, mais rien n'y faisait. Puis elle a repris vigueur. Ce tournant vers Arwin, elle ajouta : était-ce votre œuvre, prince Arwin ?

– Oui, enfin non. La petite m'a apporté la plante, je n'ai pas fait grand-chose, mais cela aura suffi.

Erindell comprit par ces quelques mots, qu'une relation particulière s'était tissée entre sa sœur et ce prince Svartalfar. Elle décida d'en avoir le cœur net :

– Pourquoi l'avez-vous sauvé ? Pourquoi m'avoir sauvé ?

– Je n'en sais rien. Cela s'est passé si vite. La petite était là, au sol avec sa plante entre les mains. De partout accouraient des forces qui l'auraient tué sans même se poser de question. Puis tous s'est bousculé, vous êtes apparu suivi de Golvan. Je n'avais pas d'autre choix, cette femme n'est qu'une intrigante, capable des plus basses infamies.

– Et vous prince Arwin, le roi lui-même tremble en entendant votre nom. Qui êtes-vous ?

– Je fus un illustre général, craint et respecté, mais je ne suis plus rien…

– Détrompez-vous ! Pour une petite fille, vous êtes un héros et vous l'avez prouvé. J'en ai été témoin.

Pour ma première fois de sa vie, Erindell s'approcha d'un elfe sombre sans peur. Elle posa délicatement sa main sur son bras et l'invita à lui raconter son histoire. Cette relation particulière, qu'il avait tissée avec une princesse ennemie, l'intriguait.

Arwin savait, à ses dépens, à quel point ces princesses pouvaient être obstinées. Il s'assit à même le sol et raconta à une Erindell médusée comment Aïthem avait réussi à pénétrer son intimité. Ce qui pouvait s'apparenter à une amitié naquit de ces visites quotidiennes, sans que ni l'un ni l'autre ne s'en aperçoivent vraiment.

L'attaque de la cité précipita les choses. Comment laisser des trolls sanguinaires dévorer la jeune princesse ? Une fois cette décision prise, d'autres s'enchainèrent aussitôt…

Comment accepter la vindicte de Golvan ?

Une chose en entrainant une autre, il n'avait plus eu le choix. En une fraction de seconde, la situation lui échappa et il se précipita dans l'inconnu, en emportant avec lui deux princesses ennemies. Il les sauva dans la confusion la plus totale.

Erindell resta sans voix. Ils restèrent ainsi face à face. Lentement, ils se parlèrent, sans animosité, sans colère et sans haine.

D'abord chacun sur ses gardes, liés par ces millénaires d'incompréhensions, ils avaient peur.

Mais peu à peu, ils se découvrirent et apprirent à s'écouter, à se comprendre.

C'est presque deux amis qui s'endormirent, l'un près de l'autre. Un elfe sombre à côté d'une elfe claire, cela ne s'était pas passé depuis des millénaires.

*

* *

Une première secousse sismique réveilla Arwin. Avec précaution, il se leva et déposa sa cape sur les frêles épaules d'Erindell qui dormait toujours.

Le monde s'ébranlait, il le sentait à travers la magie. Le bouleversement allait être total et il n'était même pas certain qu'on puisse y survivre.

Une seconde secousse, puis une troisième résonnèrent au sein de la cité.

Erindell se réveilla à son tour, elle aussi sentit la tension qui s'exerçait sur ce royaume. Instinctivement, elle se rapprocha d'Arwin.

– Que se passe-t-il ? demanda la jeune femme.

– La guerre… répondit d'un râle l'elfe sombre.

– Qu'allons-nous devenir ?

– Nous allons mourir, comme toutes choses en cet univers.

Elle ne répondit pas. Arwin avait cette faculté de dire sans ménagement des vérités que des elfes clairs ne s'autorisaient pas. Cette simple constatation : de fin du monde, entrainait trop de bouleversements pour être évoquée.

Une nouvelle fois, leurs cultures respectives les différenciaient.

Mais Erindell ne s'en offusquait plus. De toute façon, tout cela n'avait plus d'importance.

Puis au loin, le cor du dieu Heimbell, gardien du pont d'Asgard, résonna. Ce long son grave se répandit à travers les neuf royaumes. Erindell se serra encore plus près d'Arwin.

Asgard l'éternelle était prise d'assaut !

Arwin resta de marbre, leurs mondes allaient périr et il n'y pouvait rien. Quel que soit le vainqueur de ce conflit, il resterait un paria. Instinctivement, il leva un bouclier magique autour d'eux et attendit.

De nouveau, le sol trembla et un vent effroyable se leva. S'engouffrant sans ménagement dans chaque recoin des temples de la cité, il frappa les deux elfes de sa colère. Puis un froid glacial s'abattit, marquant de son empreinte givrée la respiration de toutes les créatures recroquevillées sur elles-mêmes. Figé dans une attente interminable, chaque être vivant ressentit physiquement la mort du seigneur Odin, le roi des dieux.

C'était incroyable, inconcevable ! Si le maître des cieux était tombé, alors les autres dieux et même l'univers ne tarderaient pas à le suivre.

Erindell laissa couler ses larmes en silence, Arwin inclina la tête en forme de respect pour cet adversaire ô combien respecté.

Un lourd silence figea le temps, puis un incendie dévastateur se répandit. Les dieux Vanes étaient morts et sans leurs protections, le royaume du Vanaheim perdait sa magie et ses défenses.

Un feu purificateur frappa alors sans ménagement l'antique cité et, un à un, les temples s'effondrèrent. Erindell ajouta son bouclier magique à celui d'Arwin et la fournaise des premiers âges les enveloppa.

L'incendie dura une semaine avant de se retirer peu à peu, pour ne perdurer qu'en Muspellheim, le royaume du feu. Erindell resta endormi tout ce temps, alors qu'Arwin lutta durant des jours avant qu'à son tour, il ne finisse par perdre connaissance.

À leur réveil, Andvari les attendait. Il semblait hagard, épuisé. Ses vêtements étaient déchirés et même brûlés par endroits. Malgré son triste état, Arwin n'éprouvait aucune pitié, l'occasion était trop belle pour ne pas lui dire ses quatre vérités.

– Alors 'sage' Andvari, y a-t-il eu assez de morts à ton goût cette fois-ci ?

Le nain ne répondit pas. Comme Arwin, il était fatigué de tout cela.

– Je comprends ton ressentiment, Prince Arwin. Car tu l'auras compris, je n'ai rien pu empêcher. Le Ragnarök est passé et tout a été dévasté. Les dieux sont morts !

Erindell finit par se réveiller à son tour et, instinctivement, se rapprocha du sage et s'inclina.

– Lève-toi mon enfant, je ne mérite plus ton respect.

Toujours inclinée, Erindell répondit :

– Pitié, sage Andvari, dites-moi si les miens ont survécu, que ces maudits elfes sombres ne les ont pas tous décimés ?

Arwin recula, choqué et déçu d'être ramené aussi durement à la réalité. Il ne faisait pas partie des siens, de son monde. Andvari posa sa main sur la tête de la princesse et dit :

– Peu ont survécu, je le crains. Je ne suis pas en mesure de t'en dire plus, mais le monde que tu as connu est parti en fumée. Désormais, le chaos règne en maître.

Erindell se retint de pleurer. Arwin d'un ton froid ajouta :

– Ramène la princesse parmi les siens, je me débrouillerai seul. Autant ne pas ajouter mes problèmes aux siens !

– Comprends bien Arwin que je le ferais, si j'en avais le pouvoir.

Erindell se releva et dit :

– Mais vénéré, qu'allons-nous devenir ?

– Fais table rase de ton passé, jeune femme. Ton avenir s'écrira dans un monde où les règles sont elles-mêmes à écrire. Des elfes, des nains, des hommes et d'autres créatures vont naître de nouvelles alliances. Seuls ceux qui pourront s'y adapter survivront. Je vous conseille vivement de ne pas vous séparer. C'est à deux que vous avez survécu au Ragnarök, c'est à deux que vous parviendrez à conquérir votre place dans ce nouveau monde.

Arwin répondit furieusement :

– Quelle vie nous as-tu réservée ? Des parias au sein même de nos peuples ? Mais qui voudrait d'une vie de vermine ?

– J'ai confiance en toi, Prince Arwin. Tu écriras ton nom en lettres d'or dans l'histoire de ce nouveau monde. Libre à toi d'y inscrire à côté le nom de la princesse Erindell. Garde à l'esprit que, quels que soient tes pouvoirs, ta force et ta volonté, seul, tu n'accompliras rien ! Tu te renfermeras sur toi-même, comme l'a fait ton peuple.

– Qu'on me garde des conseils d'un nabot grotesque, gesticulant et incapable de quoi que ce soit, sauf de geindre et divaguer ! rétorqua l'elfe sombre hors de lui.

Andvari ne répondit pas, mais, peu à peu, son image s'atténua pour finalement disparaître. Erindell se releva, furieuse :

– Tu devrais avoir honte ! Un tel manque de respect est indigne d'un prince !

Arwin s'écarta de la jeune princesse et ramassa sa cape qu'il réajusta. Sans même se retourner, il dit :

– Ton médaillon semble rechargé. Il est désormais temps que tu retournes auprès des 'tiens', ils sauront te protéger et te secourir.

Erindell constata, elle aussi, que son médaillon avait retrouvé son éclat intérieur. Elle dit :

– Mais toi ? Que vas-tu devenir ? Andvari souhaitait que nous restions ensemble !

– Ne sois pas bête, je n'ai pas plus d'avenir dans ce nouveau monde que dans l'ancien. Je serai traqué par les tiens comme par les miens.

– Mais...

– Pars maintenant, je préfère te savoir en sécurité pour, à mon tour, recommencer une nouvelle vie. Fais-moi confiance, je suis plein de ressources.

Silencieusement, une larme coula sur les joues de la princesse lorsqu'elle serra son amulette. Elle se concentra et ouvrit tout à coup les yeux dans le vide. Elle tendit une main fébrile devant elle, cherchant en vain quelque chose à se raccrocher, mais ne trouva rien. Elle sombra dans le vide en poussant un long cri de terreur. Happée par le néant, elle s'effondra sur le sol, inconsciente.

Arwin resta stupéfait, que venait-il de se passer ? Il avança et projeta son corps astral à travers celui de la princesse, pénétrant ainsi directement dans son rêve.

La jeune femme courait en tous sens dans la brume, hurlant les noms des siens, celui de son père, de sa sœur et de tant d'autres.

Mais seul l'écho de sa propre voix lui revenait de toutes parts. Paniquée par ce néant insondable, la jeune femme sombrait peu à peu dans la folie.

Arwin se rapprocha de l'âme en peine et, tout doucement, lui répondit :

– Je suis là, Erindell, ne crains rien.

Comme un aimant, le corps astral de la princesse se colla au sien et, petit à petit, réintégra son corps physique. Lorsqu'elle ouvrit à nouveau les yeux, Arwin se tenait penché à côté d'elle. Il dit :

– N'aie crainte, Princesse, tu n'es pas seule. Nous les retrouverons, je sais au plus profond de moi que la jeune princesse Aïthem est toujours vivante.

Elle ne répondit pas, mais il comprit que, désormais leurs destins étaient bels et bien liés.

*

*   *

Plusieurs jours passèrent ainsi, de longues périodes d'attente et d'angoisse entre coupés de tempêtes et de vents violents. Mais, la décision de quitter le temple en ruine restait difficile à prendre.

Andvari n'était toujours pas réapparu et Arwin sentait à travers la magie que des forces autour d'eux étaient en mouvement. Il en définissait mal la nature, des sorciers ou des démons, mais il fallait fuir et le plus vite possible.

Comme il le faisait chaque matin, il reversa discrètement une partie de son énergie dans le corps d'Erindell, afin de la renforcer et dit :

– Nous devons partir désormais. Rester ici n'a plus de sens.

– Mais pour aller où ?

– Le royaume des hommes, Midgard, me semble le plus approprié pour des réfugiés comme nous. Cette terre est connue pour le brassage de sa population. Sa position centrale au sein des neuf mondes en fait une destination et une cachette parfaite.

Erindell se leva et le regarda droit dans les yeux, avant de lui annoncer :

– Midgard, la terre des hommes, n'est plus ! Je le sens au plus profond de moi-même.

Arwin resta sans voix. Il chercha à travers la magie la moindre preuve pouvant remettre en question cette affirmation. Mais la vérité était aussi criante qu'invraisemblable. La terre des hommes restait introuvable ! Un monde et une race avaient disparu, ou continuaient leurs existences sur un autre plan, loin des huit autres royaumes. L'univers des neuf royaumes n'existait plus, le Ragnarök était passé et avait fait table rase de leur histoire !

– Partons ! Ou notre fin est proche. Prenons la route vers l'Alfheim et nous aviserons ensuite.

Ils adressèrent une dernière prière à la statue détruite de la déesse Freya puis se frayèrent un chemin dans les gravats du temple en ruine. Arwin se contenta d'avancer, au plus profond de lui-même, il savait que la déesse n'avait pas survécu. Le monde sortait dévasté et en cendre de ce combat titanesque. Les dieux et leurs ennemis avaient péri, leurs cités et forteresses n'allaient pas leur survivre. Il fallait désormais apprendre à vivre sans eux ! Loin des certitudes qui avaient bercé leur vie.

Ils passèrent devant les restes calcinés des

magiciens qui avaient commis l'imprudence de les attendre devant les portes de la cité.

À perte de vue, l'incendie avait ravagé les terres. Brulée sur toute sa surface, la plaine allait avoir du mal à renaitre, mais ce n'était qu'une question de temps. Tôt ou tard, l'herbe trouvera un moyen de percer cette couche de cendres accumulées. Dès lors, la vie reprendra ses droits et recouvrira à nouveau de sa splendeur ces étendues fertiles.

Durant deux jours, ils marchèrent contre un vent glacial et son lot de poussières. Le Vanaheim était si vaste et l'Alfheim si lointain, jamais ils ne pourraient y parvenir à pied. Finalement, à bout de forces, ils aperçurent au loin des lumières et s'en approchèrent.

Une troupe hétéroclite, mêlant des humains, des elfes clairs et des nains, s'était arrêtée au pied d'une petite colline. Chaque tente, faisant office de paravent, offrait une protection appréciable contre ce vent infernal et les cendres qu'il charriait.

Arwin, sur ses gardes, sonda les alentours. Aucune magie n'était présente en ce lieu désolé. Avec un peu de chance, ils pourraient profiter d'un répit au sein de ces réfugiés. De toute façon, ils n'avaient pas vraiment le choix, Erindell se mourait.

La prenant dans ses bras, Arwin s'approcha. Les hommes présents se regroupèrent devant lui. Un guerrier humain de près de deux mètres se détacha du groupe. Il semblait être leur chef. Sans ménagement, il s'interposa :

– Repars d'où tu viens, elfe noir ! Les tiens ne sont pas les bienvenus parmi nous !

Arwin savait qu'il ne pourrait combattre tous ces hommes à la fois. Si sa route devait s'arrêter ici, qu'il en soit ainsi. Levant légèrement la tête, afin de soutenir le regard du guerrier, il dit :

– Je me nomme Arwin et j'implore ton aide. Désignant Erindell, il ajouta : nous allons mourir tous les deux !

– Tu peux mourir ici si tu le souhaites, mais ne t'approches pas plus de notre campement !

Deux elfes clairs s'approchèrent, l'arc à la main.

– Soit, mais secourez là ! Elle fait partie de votre peuple.

Abasourdis, ils constatèrent que la jeune femme qu'il portait n'était pas une elfe sombre, mais bien une elfe claire. Ses compatriotes se chargèrent d'elle et lui prodiguèrent les premiers soins, sa survie était en jeu. Le guerrier abaissa sa lourde hache et ajouta :

– Voilà qui n'est pas banal. C'est un beau geste que t'as fait là mon gars !

Brusquement, il tendit sa gourde à Arwin et se retira. Le prince resta seul, il n'était pas admis au sein de cette communauté. On le laissa tout de même se calfeutrer dans un coin, mais pas plus.

Plusieurs heures plus tard, il fut réveillé brusquement par un coup de pied. Sans ménagement, le guerrier lui lança un bout de pain rassis. En repartant, il dit :

– Nous levons le camp dans deux heures. Un homme est mort hier soir. Si tu veux, tu pourras le remplacer et gagner ta place dans notre groupe en accomplissant sa tâche. Un large sourire aux lèvres en regardant les restes usés de ses riches vêtements, il ajouta : je me régale à l'avance de voir un noble tel que toi tirer, pendant une journée entière un chariot. Certains ont parié que tu ne survivras pas deux jours. À propos, l'elfe claire s'est réveillée, elle se porte bien. Un conseil, mon gars, tu ne t'en approches pas et y'aura pas de soucis ! On se comprend bien ?

– Parfaitement clair.

Lui lançant un sac contenant des vêtements usés, il ajouta :

– Met ces bottes-là, et garde le chapeau sur ta tête. Certains murmurent que tu es un prince parmi les tiens ? Je te conseille donc de rester discret et de garder profil bas. Les elfes clairs sont devant, toi, tu restes à l'arrière, le plus loin possible. Pas de contact entre vous !

– Merci de ton aide.

– Ne me remercie pas, elfe sombre. Au moindre écart, tu rencontreras le tranchant de ma hache !

Il allait accepter ces conditions, il n'avait pas d'autre choix. Erindell était désormais en sécurité, il n'était plus responsable de son avenir et rien n'avait plus d'importance à ses yeux. Lui, démarrerait une nouvelle vie, une existence de paria et il en était bien conscient.

La nuit passa dans un froid glacial, le maigre feu ne put être maintenu faute de bois. Au petit matin, la troupe s'ébranla en silence. Chacun transportait ses maigres affaires sur son dos, le voyage serait encore long. Un tirage au sort désigna ceux qui pousseraient le chariot ou ils avaient chargé leurs maigres ressources et les provisions d'eau potable. Les elfes clairs ouvraient la marche, suivis de près par les nains. Les hommes formaient le gros de la troupe. Arwin restait seul à l'arrière, fermant la marche.

En cours de matinée, un homme s'effondra. La troupe ne s'arrêta pas, le guerrier qui le suivait se pencha simplement pour récupérer sa gourde.

Le vent se leva soudainement et, avec lui des nuages de cendre et de poussière. La colonne devait à tout prix se mettre à l'abri et parvenir au pied des montagnes, au loin.

Un nouveau soldat s'écroula, à ce rythme, la troupe allait dangereusement se dégarnir.

Arwin assistait avec tristesse à la mort d'être qui avait survécu au Ragnarök. Cette incompréhension se transforma en colère, si rien n'était fait, un à un, tous allaient tomber sur ce chemin poussiéreux.

Comme si la situation n'était pas déjà assez éprouvante, un orage éclata à son tour. En quelques instants, ils furent tous trempés. La piste se couvrit d'une épaisse boue compacte qui la rendit rapidement impraticable. L'ordre de stopper fut donné.

Comme des ombres, chacun monta son abri. N'ayant rien, Arwin s'assit à l'écart des autres, le dos contre un rocher, maigre rempart contre la pluie et le vent.

Biork, le guerrier humain, s'approcha alors de lui, tendant un morceau de vieux pain, il s'amusa du mauvais temps :

– Sale journée !

Arwin rompit son pain en deux et lui tendit une moitié :

– Donne cette part à la jeune elfe qui était avec moi.

Le guerrier le repoussa de la main et ajouta :

– Qui es-tu, elfe sombre ? Ton ex-protégée a déjà eu plus que sa part. Pense à ta survie, l'ami, et reste sur tes gardes ! Les elfes préparent un mauvais coup, tu risques de ne pas passer la nuit.

– Les elfes vont te trahir, toi ! Ce qu'ils préparent ne me concerne pas.

L'homme posa sa main sur sa hache et le regard sombre murmura :

– Un elfe noir qui me parle de traitrise, quelle ironie !

– Nous sommes poursuivis depuis ce matin par des cavaliers. Ils devraient nous rattraper dans deux ou trois heures, tout au plus. Les elfes clairs les ont sentis eux aussi et ont choisi de s'enfuir, en espérant que nous les retarderons assez pour qu'ils aient le temps de se mettre à l'abri. En nous abandonnant, ils nous condamnent !

– Je n'en crois rien !

– Parle avec l'elfe qui était avec moi, elle peut les obliger à revenir sur leur décision. Si nous nous regroupons, nous pourrons faire face.

Biork se leva et, d'un pas rapide, se dirigea vers les elfes clairs. Rapidement, le ton monta. Malgré sa carrure, le guerrier n'arrivait pas à leur faire entendre raison. Arwin prit le risque d'intervenir, leur survie en dépendait. Alors qu'il approchait, la tension monta d'un cran.

– Vous n'irez pas bien loin avant qu'ils ne vous retrouvent. Une fois qu'ils nous auront massacrés et cela ne leur prendra pas bien longtemps, ils se lanceront à votre poursuite.

Les elfes clairs se regroupèrent derrière celui qui semblait être leur chef.

– Silence, Svartalfar !

Erindell intervint et d'un ton sans réplique, ordonna :

– Nous ne fuirons pas devant l'ennemi. Que chacun s'arme et s'apprête au combat !

Prenant Arwin à part elle ajouta :

– Méfie-toi, si nous survivons à nos assaillants, ils ont décidé de t'éliminer.

– Ne crains rien, je suis sur mes gardes.

Parlant à l'assemblée, en digne général, Arwin donna ses ordres :

– Ils arrivent, les guerriers devant, les archers derniers. Éloignez-vous le plus possible du nécromancien, je me charge de lui !

Une autorité légitime se dégageait de cet elfe sombre. Dans d'autres circonstances, personne n'aurait accepté ses ordres, la plupart l'auraient même combattu. Mais la situation actuelle obligeait chacun à placer sa survie au-dessus de toutes les autres considérations. Tous, ils déposèrent leurs sacs et ajustèrent leurs armes. Au loin, la clameur d'une troupe au galop approchait.

Les cavaliers chargèrent sans même ralentir. L'attaque se déroula en deux phases. Ils brisèrent la ligne de défense montée à la hâte par Biork pendant que le nécromancien, posant ses mains au sol, relevait une dizaine de squelettes des limbes.

En quelques instants, les assaillants avaient doublé leur nombre. La confusion était totale. S'ils voulaient avoir la moindre chance de survie, il fallait neutraliser le nécromancien de toute urgence. Car il relèverait un par un les cadavres quel que soit leur camp d'origine, et les soumettrait à sa volonté. Dès lors, ils grossiraient leurs forces, qui deviendraient insurmontables.

Arwin concentra son énergie sur la baguette du nécromancien, qui s'enflamma instantanément. Malgré la douleur, l'homme ne la lâcha pas. Sans réellement comprendre d'où venait cette attaque, sa riposte fut rapide et puissante. Une vague de terreur heurta Arwin de plein fouet.

Ce sort terrible, aurait instantanément fait fuir tout adversaire, mais par nature, un elfe sombre en était immunisé. La contre-attaque fut à la hauteur de sa surprise devant l'inefficacité d'un de ses sorts les plus puissants.

L'onde de choc le propulsa à plus de dix mètres en arrière. Désormais au sol, il posa ses deux mains sur la terre et murmura un sortilège. Un os surgit de terre juste au-dessous d'Arwin et se brisa contre son bouclier magique.

Le nécromancien se releva péniblement. Il avait eu le temps de localiser son adversaire. La surprise se lisant sur son visage livide, il dit :

– Ce combat ne te concerne pas, écarte-toi et nous ne nous en prendrons pas à toi !

Arwin ne prit pas la peine de répondre. Autant profiter de la situation. Cet adversaire était à prendre au sérieux et à éliminer rapidement. À nouveau, il visa sa baguette qui s'enflamma. Hurlant de douleur, le nécromancien tenta de repousser les flammes qui remontaient le long de son manteau.

D'un geste rapide, Arwin propulsa son épée vers son adversaire occupé à éteindre le feu qui consumait sa manche. Elle se planta directement dans son cœur, le nécromancien s'écroula mort sur le sol.

Au même instant, les cadavres ressuscités redevinrent poussières, nature qu'ils n'auraient jamais dû quitter. Sans ces précieux alliés, les autres cavaliers comprirent qu'ils s'étaient attaqués à plus fort qu'eux et s'enfuirent. Pour la plupart, ces lâches n'étaient que de piètres combattants. Sans leur nécromancien, ils n'étaient pas de taille et le savaient bien.

Biork s'approcha alors d'Arwin et désignant le nécromancien, demanda :

– Est-il bien mort ?

– Oui, mais je dois lui trancher la tête et la brûler par précaution.

– Bon courage…

Ce qui devait être fait le fut et l'âme du nécromancien s'en trouva libérée. Elle finit dans les limbes où séjournent ceux qui ont voué leur vie à la mort. Sans vraiment comprendre pourquoi, Arwin plaça la baguette d'os dans l'une de ses poches.

La troupe avait enterré les siens tombés au combat et attendait. Pour la plupart, Arwin avait maintenant mérité sa place au sein de leur communauté. Ils étaient bien conscients que sans son intervention, ils seraient tous morts. Seuls les elfes clairs ne l'admettraient jamais, mais cela n'avait aucune importance, car l'avenir de la troupe n'était guère réjouissant.

Arwin posa sa main sur le sol et dit :

– Nous ne pouvons pas continuer vers le sud. Une meute de loups arrive de cette direction. Il faut nous sauver au plus vite !

Biork s'approcha et soupesant sa hache, dit :

– Une meute de loups ? Quelle importance, nous sommes de taille à les repousser !

– Non ! Pas ceux-là. Ils sont possédés par une force que nous ne pourrons vaincre.

– Ne nous en veux pas, mais nous venons de traverser la moitié du Vanaheim pour atteindre ces montagnes et passer en Alfheim. Nous n'avons pas d'autres choix, que de continuer.

– Vous courez à votre perte.

– Il parait que la mort n'a pas survécu au Ragnarök… Qu'en penses-tu ?

Arwin ne répondit pas et, sans état d'âme, la troupe se remit en marche. Il ne pouvait abandonner Erindell dans ces conditions. Le mieux était d'avancer et tenter de trouver une solution.

Il tenta à nouveau d'entrer en contact avec la princesse, mais elle semblait toujours hors d'atteinte et comme à chaque fois, il se heurta à un mur. Tant de questions le hantaient, mais une chose le troublait plus que les autres.

Ce combat contre le nécromancien l'avait déstabilisé. Au moment de sa mort, le royaume des limbes s'était entrouvert et il avait assisté à quelque chose d'incroyable. Le Nilfheim était plein, saturé. Il semblait prêt à déborder. Les morts allaient bientôt être refoulés et erreraient sans but à l'endroit même de leur trépas.

Le temps pressait, ils devaient s'éloigner le plus vite possible de cette région. Regroupant toutes ses forces, il banda sa volonté et enfonça la barrière magique qu'avaient érigée les elfes clairs autour d'Erindell. Lentement, il sentit la présence de la jeune femme et l'avertit :

– Erindell, nous devons partir au plus vite !

– Je ne peux abandonner les miens ainsi.

– Les loups arrivent ! Ils ont senti notre présence !

Arwin était fou de rage. Il dégaina son épée et avança vers Biork.

– Les loups arrivent, préparez-vous ! Visez la tête, il faut la leur couper. Il n'y a que ce moyen de les tuer !

Chacun scruta l'horizon, l'épais nuage de poussière qui arrivait dans leur direction n'annonçait rien de bien bon. Grâce à leur vue exceptionnelle, les elfes furent les premiers à repérer les animaux. On pouvait constater leur effroi, car les bêtes qui chargeaient n'avaient plus rien à voir avec des loups. Ces démons ne pourraient être arrêtés.

Tous levèrent leurs armes, l'une de ces bêtes géantes chargea. Les elfes la criblèrent de flèches, puis à son tour Arwin propulsa deux énormes boules de feu qui l'embrasa instantanément. Mais cela ne la ralentit pas pour autant et le loup enfonça leur défense, le massacre débuta. Biork finit par lui asséner le coup fatal en lui coupant la tête, mais déjà, quatre guerriers gisaient à terre. La horde n'était plus qu'à quelques dizaines de mètres, le choc allait être terrible et personne n'y survivrait. Biork salua les combattants autour de lui d'un large sourire et releva sa hache pour la dernière fois.

Arwin refusa catégoriquement de mourir ainsi. Il saisit la baguette du nécromancien et la dirigea vers le cadavre du loup. Récitant quelques formules anciennes, la tête du loup se recolla à son corps et son imposante carcasse se releva. En quelques enjambées il fut sur son dos et lui intima l'ordre de courir droit devant lui.

Alors qu'il passait en trombe au milieu des elfes clairs, il attrapa Erindell par le bras et l'arracha du sol. Elle hurla de terreur en voyant sur quoi elle s'apprêtait à voyager, mais comprit que c'était leur seule chance de salut.

Les loups affamés dévastèrent la troupe en un instant. Ils ne prirent que quelques minutes pour dévorer leurs infortunées victimes et aussitôt, partirent à la poursuite des fugitifs. Arwin espérait que cette maigre avance serait suffisante pour les mettre en sécurité.

N'étant pas nécromancien, l'emprise qu'il exerçait sur ce cadavre de loup l'épuisa rapidement. Après vingt minutes de poursuite, la horde démoniaque trouva un autre gibier à chasser et se désintéressa d'eux. Arwin poursuivit son contrôle mental sur la bête pendant encore plusieurs minutes puis, à bout de forces, le lien fut rompu et le sort s'annula.

Aussitôt, le corps de la bête s'affaissa et se

disloqua. Le monstre retourna aussitôt dans les limbes. Les deux elfes furent violemment projetés en l'air et tombèrent au sol. Sous le choc, ils perdirent, tous deux, connaissance.

Chapitre 3

> *« Par la suite, ce dernier engendra Bor, qui épousa Bestla, fille d'un géant de glace. Trois garçons naquirent de leur union : Odin, Vili et Vé. »*
>
> (Völuspá, act3)

*

* *

Dans le Svartalfheim, royaume des elfes sombres, une activité inhabituelle troublait le calme pesant du palais des matriarches. En sortant de la salle du trône, le prince Borian, accompagné de son état-major au grand complet, rayonnait. Jamais, même dans ses rêves les plus fous, il n'aurait imaginé une situation à ce point favorable. Il exultait !

Bien sûr, trahir son frère, le prince Arwin, n'avait pas été une décision facile à prendre. Il lui avait fallu plusieurs mois avant de se résoudre à cette extrémité. Mais une fois convaincu qu'il n'avait aucune autre solution, il s'était résolu à faire tomber, de son piédestal, l'illustre général.

Entouré de plusieurs magiciens humains, il échafauda un plan digne des plus grandes trahisons divines. Ces hommes, avides de richesse, devinrent rapidement des intermédiaires incontournables et surtout zélés, capables d'entretenir des liens étroits avec ses ennemis.

Une fois le contact établi, chacun comprit vite l'intérêt d'une telle alliance. Malgré certaines réticences, les elfes clairs acceptèrent ce pacte étonnant : leur pire ennemi contre la simple promesse de le tuer !

Cet arrangement semblait convenir à tout le monde et chacun respecta sa parole.

L'artefact magique permettant le transfert du corps d'Arwin en Alfheim, le royaume des elfes clairs, arriva assez facilement en possession de Borian. Le reste ne fut qu'un jeu d'enfant, Arwin fut drogué puis ligoté. Le jour même, il était entre les mains du roi Ollawen, son destin était 'théoriquement' scellé !

Borian organisa lui-même un simulacre de recherches, mais au grand désarroi de tous, son frère ne fut jamais retrouvé. Intérieurement, il le haïssait, mais trahir avait un prix : la culpabilité !

Devait-il accepter d'être l'éternel second ? Devait-il continuer à vivre dans l'ombre d'un frère omniprésent ?

NON ! Son heure était venue et quiconque se mettrait désormais en travers de sa route vers la gloire serait balayé sans ménagement.

Pourtant, Arwin était un être supérieur. Pas seulement par son rang, fils aîné de la princesse Nagaaril, sœur cadette de la matriarche royale. Il était reconnu par tous comme : l'hérité !

Le plus proche de la première position au titre

suprême, un futur Roi.

Mais aussi en raison de son intelligence impressionnante, aussi affûtée qu'un couteau et d'une terrible efficacité. Et surtout, il disposait d'une puissance magique démesurée, terrifiante.

Son aîné était l'image même du pouvoir, tel que se l'imaginait un Svartalfar. Il n'était pas possible de s'opposer à lui ou de le surpasser et encore moins de le supplanter.

Il ne restait qu'une option : l'éliminer et prendre sa place !

Ce constat était terrible et même implacable. Partir dans cette voie sans retour était risqué, il devrait être sur ses gardes et toujours à l'affût. Mais une fois engagé, il faudrait s'y tenir et s'imposer.

Arwin devait disparaître et pour cela tous les coups étaient permis. Ses rêves les plus fous, comme ses ambitions les plus démesurées, étaient désormais accessibles. Son avenir n'avait plus de limite. Il serait 'le glorieux prince Borian' vainqueur de la nation 'elfe claire', qu'il écraserait d'une main de fer. Les vaincus deviendraient leurs esclaves et dès lors, il serait reconnu à sa juste valeur ; comme le seul et unique Roi légitime des elfes.

Sous son règne, la nation elfe réunifiée serait respectée et tous les autres peuples devraient s'incliner !

Dès la disparition de son frère, il reçut la charge de le remplacer et conduire l'armée d'invasion. Suivant les directives établies à l'avance par Arwin lui-même, il organisa la longue marche vers la frontière perdue, celle qui donnait sur le néant. Les ordres étaient clairs et sans ambigüités, il fallait aller dans cette direction sans délai. Il étudia avec soin les notes laissées et suivit scrupuleusement les indications de son aîné, sans bien en comprendre la finalité.

Il devait faire confiance à ce frère stratège et exécuter les ordres, une fois au terme de ce périple, il obtiendrait les réponses, cela ne faisait aucun doute.

Son armée avança rapidement et sur son ordre, les citadelles qu'il contourna renforcèrent ses rangs en guerriers et magiciens. Le prestige du nouveau général ne fit que s'accroître.

Finalement, un soir, ce qu'il redoutait tant arriva. Il tourna la dernière page du journal d'Arwin et réalisa que les notes écrites de la main même du général s'arrêtaient nettes ! De toute évidence, celui-ci avait estimé qu'arrivée à cette étape, une nouvelle évaluation de la situation s'imposerait. Borian ne savait que faire, que dire. Devait-il prendre le risque de continuer à sa façon, la frontière du néant était désormais face à lui et interdisait tout passage !

Les notes de son aîné se terminaient ainsi :

'Les sorciers de Midgard n'auront droit qu'à une seule et unique tentative, s'ils échouent aucun d'entre eux ne devra y survivre !'

Borian lisait et relisait sans cesse cette phrase énigmatique, sans en comprendre vraiment le sens. Mais qui étaient donc 'ces sorciers de Midgard' ? Sans cette information, il était perdu !

Rageusement, il jeta au sol les dizaines de rapports qui l'informaient du regroupement au nord de l'immense armée de ses alliés. Bientôt arrivée au pied du pont des dieux, l'armada s'apprêtait à prendre d'assaut, la légendaire Asgard.

Lui était seul, désespérément seul, perdu au fin fond du Svartalfheim. Personne ne pouvait l'aider, seul

Arwin avait les clés pour dénouer cette situation.

Il ne se définissait pas comme un couard ou un faible, mais il était désemparé et indécis. Comment être sûr de ne pas prendre la mauvaise décision. Durant toutes ces années, il avait secondé, épaulé son aîné, mais jamais il n'avait eu à assumer une véritable responsabilité de premier plan. Désormais, il devait montrer l'exemple et prendre l'initiative et non plus acquiescer et s'incliner devant le génie des autres.

À cet instant, des hommes demandèrent audience, des sorciers !

Borian ne laissa rien transparaître de sa surprise, ni même de son soulagement. Le plan, quel qu'il soit, se déroulait comme prévu. Calmé, il invita ses mystérieux alliés à entrer et comme il en avait l'habitude les reçut avec dédain. Emmitouflés dans de larges capes, onze hommes décharnés et couverts de tatouages runiques s'inclinèrent devant le prince.

Celui qui semblait être leur chef demanda d'une voix caverneuse, à la limite de la compréhension :

– Nous souhaiterions parler au prince Arwin.

– Arwin est indisponible. Je suis son frère, le prince Borian, et je parle en son nom.

– Nous sommes à votre service, prince Borian, ajouta le vieil homme.

– Êtes-vous bien en mesure d'exécuter la tâche qui vous a été confiée ? demanda sournoisement Borian, dans l'espoir que le sorcier lui en dise plus.

– Le portail sera activé dans les temps impartis, n'ayez crainte, conclut le vieil homme.

Une nouvelle fois, Borian dut figer son expression afin que la surprise ne se lise pas sur son visage. Voilà donc le plan de l'illustre Arwin, ouvrir un portail oublié entre le Svartalfheim et Asgard, afin que son armée contourne la grande muraille défendue par les dieux. Ce plan était digne de son génie et propulserait Borian dans le cercle très étroit des prétendants au trône suprême. Toujours sur le ton de la désinvolture, Borian continua son interrogatoire subtilement :

– Le temps presse, nous devons réduire les délais d'incantations.

– Cela n'est pas possible, s'offusquèrent les sorciers tout à coup paniqués. Ces choses-là doivent être faites avec précaution et minutie.

– Et rapidité… J'insiste ! ajouta Borian.

– Nous ferons selon vos ordres, au mieux de nos pouvoirs. Mais vous conviendrez qu'il serait préjudiciable que la sortie du portail ne soit pas à la place escomptée, marmonna le vieux sorcier.

– Cela serait fort regrettable, j'en conviens ! Faites au plus vite que nous ne soyons pas les derniers à participer aux combats, conclut Borian en les congédiant.

– Cinq jours, monseigneur et votre armée prendra à revers Asgard et ses défenses. Le vieil homme tendit alors une carte portant un grand 'X' et ajouta : le tunnel vous emmènera à cet endroit précis.

Les sorciers s'inclinèrent et sortir un à un de la grande tente de commandement. Borian jubilait à nouveau. Il était émerveillé par la stupéfiante intelligence de son frère. Il passa le reste de la soirée à étudier cette carte et à échafauder diverses stratégies, son armée allait pouvoir s'illustrer de mille façons.

Plongé dans ses pensées, Borian sursauta à l'arrivée de deux hauts dignitaires de son peuple. Les elfes sombres s'inclinèrent et l'informèrent que la matriarche le convoquait sur le champ. Comme il se doit, il se changea et les suivit.

À l'aide de puissants cercles de transport, il leur fut

aisé de se rendre instantanément dans la capitale et en quelques instants, ils entrèrent dans le palais.

Borian ressentit immédiatement la tension qui régnait dans la cité, quelque chose de grave se passait. Dans ce lieu pourtant silencieux, des paroles aux conséquences lourdes avaient été prononcées et les murs en murmuraient encore leur effroi.

Le conseil était réuni et les matriarches siégeaient sur leur trône d'ébène. Plusieurs mages les entouraient et tentaient tant bien que mal de répondre aux innombrables questions que posait la souveraine. La faible lumière oscillait au rythme de sa respiration, éclairant de façon fugace l'immense salle en forme d'araignée. La magie, libérée sous l'effet de sa colère irradiait et électrisait le palais dans son ensemble. En voyant approcher Borian, la reine se leva. Ce simple geste augmenta le malaise et la tension qui régnait dans la pièce.

Borian s'inclina. Il resta silencieux, essayant de comprendre ce qu'on attendait de lui. La reine jeta sur lui un regard féroce, l'air se chargea d'électricité statique :

– Seigneur Borian, nous avons été informés que le Prince Arwin aurait été vu dans la citadelle elfe claire d'Elfragarielle, et qu'il aurait eu un comportement 'troublant'.

– Mon frère a donc été libéré ? Prononcer cette simple phrase le tétanisa.

La princesse Golvan un peu en retrait intervint :

– Le prince Arwin a sciemment désobéi à mes ordres. Il a attaqué nos troupes, puis a disparu en nous soustrayant deux otages. Ce geste incompréhensible est très dommageable et il nous sera très certainement reproché par nos alliés.

Borian n'en croyait pas ses oreilles, quelles folies avaient bien pu pousser Arwin à se comporter ainsi ? Pourquoi était-il toujours en vie ? Ces elfes clairs n'étaient que des incapables, des imbéciles et des traîtres !

Arwin était donc désormais un fugitif. Les interrogations sur sa mystérieuse disparition devenaient dès lors secondaires. Il était même possible qu'il arrive à insinuer qu'Arwin n'avait pas du tout été enlevé, mais qu'il s'était tout simplement enfui, trahissant du même coup sa cause et sa race !

Oui, tout cela était inespéré, mais ô combien salutaire. Faussement affligé, il ajouta :

– Le prince Arwin est sûrement sous le joug d'un puissant sortilège. Ces chiens d'elfes clairs n'ont aucun honneur et sont prêts à tout pour nous affaiblir. Soustraire les plus puissants d'entre nous est un acte déloyal qui sera sévèrement châtié, j'en fais le serment !

– C'est possible, mais peu probable, ajouta Golvan. J'ai lu dans ses yeux une détermination peu commune. Nous devons le retrouver à tout prix et comprendre comment l'un de nos plus prestigieux généraux a pu déserter nos rangs ! Il s'est volatilisé devant moi, pour une destination inconnue et avec lui nos deux otages !

Un nécromancien humain prit alors la parole :

– Les états d'âme de votre Prince sont, je vous l'accorde, assez préoccupants. Car en plus d'être un puissant magicien, c'est un général de renom qui est particulièrement au fait de nos plans d'attaque contre Asgard.

Un long silence suivit cette déclaration. Ce représentant de Midgard parlait au nom des morts, sa voix n'était pas à prendre à la légère. Il s'était montré très mécontent de la disparition d'Arwin dans un premier temps. Le retrouver pour apprendre qu'il s'était à nouveau volatilisé avec deux otages de sang royal restait inexplicable. Il n'avait pas de mot assez fort pour exprimer son indignation. S'il s'avérait exact que leur prince avait changé de camp, les Svartalfars dans leur ensemble en paieraient le prix.

Il ajouta :

– Si, nos ennemis arrivent à faire parler le Prince Arwin…

– la matriarche lui coupa sèchement la parole : insinuez-vous, 'cher ami' que le prince Arwin puisse trahir son peuple ? Auriez-vous cette audace ?

– l'homme, aussitôt sur ses gardes se reprit : la loyauté des vôtres n'est plus à démontrer et à ma connaissance, jamais aucun n'a faibli quel que soit les tortures endurées. Mais la princesse Golvan insinuait, peut-être, autre chose et je pense qu'il serait irresponsable de passer sous silence certain fait. De plus, la perte de ces deux otages est difficilement justifiable et nos alliés demandent des explications. Pour l'instant, j'ai réussi à calmer leur impatience, mais cela ne pourra durer éternellement. Comment expliquer le comportement du prince Arwin ?

Une nouvelle fois, un silence oppressant figea la salle. Le nécromancien n'avait pas pris de gant pour dire tout haut, ce que la plupart pensaient tout bas.

Borian tenait là, une carte à jouer. Sans état d'âme, il reprit la parole :

– Le prince Arwin s'est très certainement rendu dans un lieu particulier. Un lieu secret que seuls ma mère et moi sommes en mesure de vous révéler.

La matriarche se redressa et de toute sa hauteur, ordonna :

– Parle sans délai, c'est un ordre !

– Le temple de la déesse Freya, dans l'antique cité des dieux Vanes !

Un lourd silence figea la salle. Borian venait de condamner à mort son frère aîné. La reine reprit la parole :

– Princesse Golvan, nos mages vont vous envoyer en ce lieu. Formez une troupe digne de la personne d'Arwin. Capturez-le, tuez-le si nécessaire, nos nécromanciens se feront un plaisir de le réanimer. Je le veux ici, mort ou vif, mais rapidement !

Le visage de la matriarche se décrispa et sur un ton, presque, plaisant ajouta :

– Merci prince Borian et où en est votre tâche ?

– Nous progressons Majesté, rien ne semble en mesure de nous arrêter.

– C'est bien ce que j'ai cru comprendre. Terrassez notre ennemi, prince Borian et surtout, ne nous décevez pas ! Désormais vous devez racheter le comportement inqualifiable de votre frère…

Borian s'inclina et à reculons quitta la salle du trône. La chance lui souriait à nouveau, si les elfes clairs n'avaient pas souhaité tuer Arwin, il ne faisait aucun doute que les elfes sombres s'en chargeraient sans hésitation. Son frère avait certainement perdu l'esprit, suite aux tortures infligées par ses geôliers ou était victime d'un puissant sortilège. Dans un cas comme dans l'autre, sa mort imminente ne faisait pas l'ombre d'un doute. Rassuré par cette certitude, il mit à profit sa nouvelle position d'homme fort, pour étendre son réseau d'influence et de partisans dans la capitale.

Il avait désormais cinq jours devant lui pour échafauder ses plans. Il devait rapidement s'entourer d'un cercle d'alliés puissants, des chefs de guerre reconnus, des nobles influents qui pourraient le soutenir le moment venu. Il prit grand soin de payer grassement des émissaires vers les lieux de pouvoirs qui lui restaient fermés. Les mages et autres sorciers reçurent ses gages de respects avec intérêt et promirent que ces largesses ne seraient pas sans retour.

Borian ne ménagea pas sa peine et c'est par centaine qu'on se porta à sa rencontre, qu'on lui jura fidélité. Mais le temps fila à une vitesse impressionnante et il devait être présent lors de l'ouverture du portail.

Fort de cette nouvelle notoriété, il organisa un somptueux banquet ou la noblesse et ce qu'elle contenait de gens influents se pressa. Devant cet auditoire en attente d'un chef incontesté, il promit victoire et gloire. C'est sous des hourras répétés qu'il quitta la capitale pour rejoindre son armée et les sorciers en plein effort.

Attendre l'ouverture du tunnel s'avéra plus jubilatoire que prévu et c'est émerveillé qu'il pût voir de ses yeux ce passage antique apparaître. Dans un silence anxieux, il ordonna à ses troupes de se tenir prêtes à s'engager et sur son signal, l'armée s'ébranla et pénétra dans l'étroit corridor.

Les sorciers assistèrent satisfait au départ de l'armée d'elfes sombres. Ouvrir un tel couloir restait un exploit dont les bardes et ménestrels chanteraient la légende pendant des milliers d'années.

Pourtant, alors qu'ils se préparaient à quitter les lieux, la terre trembla. Apeurés à l'idée d'avoir commis une erreur, les sorciers se regroupèrent et constatèrent atterrés que le ciel sombre du Svartalfheim rougeoyait et était traversé d'impressionnants éclairs.

Une nouvelle secousse les projeta au sol. Ils étaient tétanisés, comment comprendre ces tremblements de terre, ils avaient pourtant exécuté leur tâche avec habilité !

Un troisième soubresaut ouvrit le sol à plusieurs endroits. Il fut suivi de la clameur du cor d'Heimdall et cela suffit au sorcier pour comprendre qu'Asgard était prise d'assaut.

Malgré leur hâte, ils avaient mis trop de temps à ouvrir le grand portail, les elfes sombres ne participeraient pas au combat final. Ce prince Borian ne leur pardonnerait pas cet échec, un à un, ils se réfugièrent dans leurs donjons en attente des représailles qui ne manqueraient pas d'être mortel.

Le Ragnarök fut pourtant plus rapide et les débusqua jusqu'au dernier, aucun ne survécut.

*

*   *

Arwin s'éveilla lentement, il avait les mains solidement attachées dans le dos. Il était plongé dans la pénombre, seuls deux totems enfoncés dans le sol luisaient faiblement sur le côté droit. Une profonde colère l'envahit, de nouveau il était prisonnier et pour couronner le tout, cette cellule ressemblait plus à une caverne qu'autre chose.

Mais il n'avait pas besoin de lumière pour reconnaître l'épouvantable odeur des scavens.

Ces hommes rats pullulaient dans les zones frontalières des royaumes d'Alfheim et du Svartalfheim. Doués d'une intelligence toute relative, ils vivaient en bandes, généralement dirigées par un sorcier ou un chaman. Leurs nichés colonisaient les grottes ou les tunnels laissés abandonnés par les nains ou les trolls et y établissaient leurs terriers.

Ni ami, ni ennemi des elfes sombres, ils cohabitaient avec eux en bonne intelligence. Bien conscients de leur infériorité, ils prenaient toujours garde à ne pas être confrontés à leurs redoutables voisins.

Mais voilà, cette race, issue d'un mariage improbable entre un homme et un rat n'avait qu'une seule passion : l'or.

Cette vermine consacrait une grande partie de son existence à accumuler toutes sortes de richesses et l'autre partie à les défendre jalousement.

Bien des fois, ils avaient failli disparaître en tentant maladroitement de s'emparer des richesses de puissances infiniment supérieures à eux. Les nains ou les dragons manquèrent de nombreuses fois de les décimer.

Arwin ne craignait pas vraiment pour sa vie. Une nouvelle fois, cette race de vermine venait de prendre un très gros risque en retenant prisonnier un magicien elfe sombre et cela ne pouvait s'expliquer que par la capture de Erindell, mais surtout par le montant de son éventuelle rançon.

Il sonda mentalement son étroite prison et fit passer ses jambes dans ses liens afin de retrouver ses mains devant lui. Comme il s'en doutait, les scavens avaient placé plusieurs totems de protection face à lui. Ces maudits chamans avaient la réputation d'être terriblement efficaces. Il ne pouvait rien faire dans l'immédiat, de plus, il savait qu'aucun mal ne serait fait à la princesse elfe claire. Elle représentait une richesse à leurs yeux et donc, bénéficiait du statut d'intouchable.

Deux jours passèrent sans que personne ne réponde à ses appels. Puis on lui apporta à manger, il fallait tenter le tout pour le tout. Arwin regarda avec dégoût le pain rassis qu'on venait de lui lancer puis s'adressa au plus vieux des scavens :

– Ce n'est pas très malin de retenir prisonnier un mage elfe sombre !

– Ne crains rien, nous ne te ferons aucun mal, répondit le chaman. Tu représentes toi aussi un bon prix. On s'occupera de toi lorsque nous aurons vendu ta prisonnière.

– Et depuis quand devrais-je craindre quoi que ce soit de vermines comme vous ! Relâchez-moi immédiatement et livrez-moi l'elfe claire. Dès lors, il se peut que je ne vous extermine pas !

– Nous aurions pu te tuer facilement, réjouis-toi d'être toujours en vie. Le prix de ce petit cadeau est ta prisonnière. Je ne trouve pas cela excessif, bon nombre de nos prisonniers auraient aimé pouvoir payer si peu !

– Réfléchis bien, chaman, la vengeance d'un Svartalfar dépasse de loin tout ce que tu pourrais tirer de cette elfe. Je te conseille de ne pas prendre ce risque !

– Garde ta salive magicien. Pour l'instant tu n'es qu'un détenu parmi tant d'autres et je compte bien obtenir une bonne somme pour ta libération à toi aussi. N'aie crainte, dans cette transaction, je négocierai notre amnistie ! Je ne suis pas si bête.

Arwin resta silencieux. Ce vieux scaven semblait avoir tout prévu, cela allait même bien plus loin qu'il ne le pensait. Car, qu'il le vende à des elfes clairs ou sombres, sa mort ne faisait pas l'ombre d'un doute. Cela réglerait du même coup ses éventuels soucis de représailles.

Dans ces conditions, son évasion devenait urgente.

Il passa le reste de la journée à étudier les totems chaman placés dans la grotte pour le maintenir prisonnier.

Bien plus archaïques que les artefacts magiques qui le retenaient dans sa prison par les elfes clairs, ils fonctionnaient sur le même principe. Toutes tentatives dans leurs directions entraîneraient une riposte proportionnelle à l'attaque.

À nouveau, seule une aide extérieure pourrait modifier sa situation.

Le lendemain, ce fut un guerrier homme-rat qui lui apporta son repas, Arwin sourit. Ces scavens étaient si prévisibles que c'en était risible. Il prépara son plan et attendit patiemment. Cette tribu de vermine n'avait plus longtemps à vivre, il espérait qu'Erindell soit toujours retenue prisonnière dans leur tanière.

Arwin fut réveillé par des bruits de pas qui approchaient de sa cellule. Son plan était prêt, et l'appât bien en évidence sur le sol.

Le scaven lança le pain, comme la veille, mais son œil aguerri remarqua le petit éclat scintillant qui émanait d'une chaîne en or partiellement enfouie dans le sol. Arwin, resté dans son coin, avait les yeux fermés et faisait semblant de dormir. Il attendait.

Le guerrier scaven se figea. L'effervescence dans sa tête aurait prêté à rire si la vie d'Arwin n'était en jeu. Il était tiraillé entre les ordres du chaman, sa peur viscérale des elfes sombres et l'éclat de cette chaîne dorée à portée de main. Arwin savait qu'il succomberait à cette tentation. Un scaven n'avait aucun moyen de résister à un tel appât. Ils l'avaient maintes fois prouvé, allant jusqu'à réveiller des dragons et se faire massacrer.

Lentement et silencieusement, le malheureux posa

un pied dans la zone interdite, puis l'autre. Alors qu'il se baissait pour ramasser le bijou, Arwin ouvrit les yeux et sourit. Le guerrier rat se figea, il comprit qu'il était perdu ! Arwin se concentra et prit le contrôle du Scaven, qui tremblait de tout son corps. Lutter était vain, ils le savaient tous deux. Finalement, l'âme du scaven mourut, pour ne laisser place qu'à la volonté implacable du mage.

Méthodiquement, le scaven sous contrôle piétina les totems, libérant l'elfe sombre. Après avoir fouillé dans son esprit, Arwin comprit que ce guerrier n'avait aucune information concernant la princesse Erindell. Il relâcha son emprise et le corps sans vie de son geôlier s'affaissa.

Ces scavens allaient payer le prix fort pour leur félonie. Mais dans un premier temps, il devait retrouver le vieux chaman. Maintenant qu'il était libéré des totems, ses sens l'informaient que la princesse n'était déjà plus dans ces tunnels.

Arwin laissa éclater sa rage. Il arrivait trop tard, mais ces rats seraient décimés pour laver cet outrage. Le carnage dura près de deux heures et la tribu fut anéantie. Finalement, Arwin resta seul avec ce qui restait du chaman à moitié calciné. Le vieux scaven s'était bien battu, mais le combat était si déséquilibré que face à la fureur du mage, la plupart des scavens s'étaient enfuis sans demander leur reste.

Arwin resserra sa pression sur l'âme du scaven :

– Alors Chaman, le jeu en valait-il la chandelle ?

– Pitié Monseigneur.

– Pitié ? Je pensais pourtant avoir été magnanime lors de notre dernière rencontre. Je ne te le demanderai qu'une seule fois : où est ma prisonnière ?

Le scaven resta muet, Arwin sourit et ajouta :

– Quand apprendrez-vous, scaven ? Ces cavernes

garderont le souvenir de ta souffrance pendant des siècles si tu ne réponds pas rapidement. Ne me pousse pas à bout !

Arwin le regarda droit dans les yeux, alors que les vêtements du chaman prenaient feu. Hurlant de douleur il implora puis supplia. Lentement les flammes s'éteignirent, plus morte que vive, la créature sanglotait.

– Des trolls sont passés la chercher hier matin. Ils ont pour charge de la vendre au meilleur prix. Nous traitons souvent par leur intermédiaire, ils ont toute notre confiance.

Arwin sonda l'esprit du chaman et constata qu'il disait la vérité. Ce vieux scaven n'en savait pas plus. Pour lui, seule la rançon avait de l'importance, il ne se souciait ni des commanditaires, ni de l'endroit où elle devait être emmenée.

L'elfe sombre écumait de rage, avec consternation, il découvrait dans son esprit la somme dérisoire qu'il avait reçue en échange de la princesse. Affligeant ! Tout cela était pitoyable, comme la vie de cette vermine. Lentement, il serra le poing et ce qui restait du chaman s'embrasa.

Soixante-trois scavens étaient morts et il n'avait pas la moindre idée de la destination des trolls qui détenaient Erindell.

Ces créatures étaient parties vers l'Ouest. C'était assez maigre comme information, mais il devrait s'en contenter !

Dans cette direction, ils pouvaient se rendre dans le royaume du Jortunheim, celui des géants ou le royaume du Svartalfheim, celui des elfes sombres. Dans les deux cas, cela n'était pas une bonne nouvelle pour la princesse Erindell.

Arwin analysa avec soin les traces laissées par les trolls. Le vieux scaven n'avait pas menti, ils étaient bien partis vers l'Ouest. À l'aide de sa magie, il tenta de trouver des détails qui l'aideraient dans sa tâche, mais ces créatures n'étaient restées que très peu de temps sur les lieux et leurs effluves se dissipaient déjà. Dans un premier temps, il fut submergé par la haine des trolls envers leur prisonnière. Intérieurement, il se réjouit de savoir qu'ils n'avaient pas le droit de la toucher. Plus que jamais, il était urgent de les intercepter avant que d'autres puissances, ô combien plus dangereuses ne s'emparent de l'elfe claire.

Les trolls semblaient avoir des loups comme montures. Ces animaux ne connaissaient pas la fatigue et pouvaient courir pendant des jours sans montrer la moindre gêne. Il devait trouver, lui aussi, un moyen de locomotion rapide afin de pouvoir rattraper son retard et avoir une chance de les intercepter.

Mais rien autour de lui ne s'apparentait à une monture digne de ce nom. Ses pouvoirs en nécromancie n'étaient pas très étendus. Il ne pouvait ressusciter que des cadavres morts récemment, dont l'âme n'était pas encore trop loin dans les limbes.

Après deux heures de marche, Arwin s'aperçut qu'il était de retour à l'endroit où il se souvenait avoir perdu le contrôle du loup. Aussitôt, il partit en quête du cadavre de la bête. Il ne mit que quelques minutes à le localiser, à l'aide de sa baguette il le rappela à la vie.

Avec dégoût, il enfourcha le monstre mort-vivant. L'animal à l'abandon depuis plusieurs jours était déjà dans un état de décomposition avancée. Après plusieurs haut-le-cœur, Arwin se concentra et lui donna un ordre simple et unique : 'cours !'.

Le loup partit instantanément au galop. Pour la

première fois depuis longtemps, la chance semblait lui sourire.

Il remonta la piste sans prendre le moindre repos. Encore quelques heures à cette allure et il les rattraperait. Pourtant, au détour d'une forêt, la route le mena tout droit vers un fleuve au courant déchaîné.

Le loup ne s'en soucia pas et sans même ralentir s'engouffra dans l'eau. L'impact propulsa Arwin dans les airs, ce qui brisa sa concentration.

Le sortilège qui le liait au loup se rompit, les deux parties du corps en putréfaction se séparèrent aussitôt et partirent au fil de l'eau.

Arwin s'extirpa tant bien que mal du courant qui tentait de l'emporter et constata avec fureur qu'il venait de perdre sa monture. La rivière démontée charriait d'énormes troncs d'arbre, tenter la traversée était très risqué. Intérieurement, il maudit ces trolls qui avaient pris ce risque malgré la présence de la princesse. Sur l'autre rive, il repéra les restes calcinés des embarcations qu'ils avaient utilisées.

Sans aucun moyen pour traverser, il décida de ne pas perdre plus de temps et remonta le cours d'eau en espérant trouver un pont ou un guet plus propice au passage. Après une heure de marche vers le Nord, il distingua au loin une passerelle qui enjambait le fleuve. Une nouvelle fois, sa joie ne fut que de courte durée, car son accès était gardé par une bande de gobelins et plusieurs autres soldats humains. Ce pont, monté à la hâte suite à l'incendie du Ragnarök, semblait pourtant solide. Bien qu'il soit constitué de troncs d'arbres partiellement calcinés, les cordages qui le maintenaient en position paraissaient neufs.

Il devait tenter le tout pour le tout, quitte à tuer tous ceux qui essaieraient de le retarder. Il avait déjà perdu assez de temps !

D'un pas décidé, il avança vers la petite troupe. Les gobelins se mirent aussitôt en position de défense. Mais deux guerriers elfes sombres, restés en retrait, avancèrent vers Arwin.

Dès qu'ils furent assez près pour se rendre compte de l'énergie qui émanait de lui, ils s'agenouillèrent. Ils ne connaissaient pas son nom, ni même celui de sa lignée, mais ils sentaient le rang de prince en lui et cela suffisait à ce qu'ils s'inclinent et lui présentent les respects dus à son titre.

– Mes respects Votre Seigneurie.

Arwin profita de la situation et exigea :

– J'ai besoin d'une monture et vite !

L'un des deux guerriers lui en apporta aussitôt une, bien vivante cette fois. L'autre guerrier engagea la conversation :

– Nous avons ordre de fermer tout passage aux terres du seigneur Voralan.

Arwin avait déjà entendu ce nom quelque part, mais n'arrivait plus à savoir où. De toute façon, cela lui importait peu, il ajouta :

– Je n'ai que faire de vos ordres. Je suis à la poursuite d'une bande de trolls qui m'ont dérobé un bien précieux !

– Plusieurs bandes de trolls ont tenté de passer ces derniers jours. Nous les avons toutes repoussées.

– As-tu le souvenir d'une d'entre elles ayant une elfe claire comme prisonnière ?

– Non, mais le bruit circule que le seigneur Voralan en aurait capturé une.

– Une princesse elfe claire ?

– Oui, la fille du roi Ollawen lui-même !

Arwin eut du mal à retenir sa stupéfaction.

– Bien ! Il est urgent que je le rencontre, dis-moi dans quelle direction je peux le trouver ?

– À trois heures de route vers le Nord, nous venons de prendre possession d'une vaste étendue de cavernes qui formeront la base de notre première cité sur le sol Vanaheim.

Arwin attrapa avec rage les rênes du cheval qu'on lui tendit. Ces informations étaient contradictoires ! Il avait pourtant sondé mentalement le jeune guerrier elfe sombre et il disait la vérité. Mais tous ses sens l'informaient que les trolls et la princesse Erindell étaient partis vers l'Ouest.

De toute évidence, cette piste devait être fausse, on tentait de l'induire en erreur, ou bien, les trolls venaient d'être attaqués par Voralan ?

À nouveau, il sonda mentalement les deux elfes sombres, puis un à un les gobelins présents. Tous confirmaient que la fille du Roi Ollawen était bel et bien retenue prisonnière par le seigneur Voralan, au Nord, il n'y avait pas de doute dans leurs esprits.

Une nouvelle fois, le doute l'assaillit. Toute sa vie, il n'avait eu qu'une seule devise, se fier à son instinct. Mais là, il ne pouvait prendre un tel risque, c'était trop dangereux. Sans ménagement, il fouetta sa monture et partit en trombe vers le Nord.

Il ne mit que deux heures à atteindre les premières fortifications Svartalfars. Les elfes sombres n'avaient pas perdu de temps et la colonisation du royaume du Vanaheim n'avait pas tardé. Arwin constata avec plaisir que son peuple serait difficile à déloger de cet avant-poste. Des centaines d'hommes, elfes sombres et gobelins s'activaient à élever et consolider les murailles.

Parfaitement intégrée à la roche, la future forteresse

s'étalerait sur plusieurs niveaux. Hérissée de quelques tours de guet, la muraille d'un noir d'ébène semblait se fondre à la grotte dont elle épousait parfaitement la forme, elle était parcourue de plusieurs centaines de meurtrières. Une seule et monumentale porte en fermait l'accès.

À son approche, les lourdes portes bardées de fer s'ouvrirent.

Une troupe de plusieurs officiers vint à sa rencontre. L'aura d'énergie qui émanait de chacun d'eux prouvait qu'ils étaient de la noblesse. Comme le permettaient leurs pouvoirs, le dialogue se fit mentalement. Arwin profita de l'effet de surprise pour exiger :

– Menez-moi immédiatement au seigneur Voralan !

– Je dois vous demander vos noms et titres, ainsi que le but de votre visite, monseigneur.

Arwin rechercha rapidement dans sa mémoire un nom qui pourrait faire l'affaire, dans la précipitation il se souvint d'un certain Prian. Un cousin éloigné, Seigneur d'une cité proche du royaume du Nidavellir, pays des nains.

– Je suis le prince Prian, le but de ma mission doit rester secret et n'est destiné qu'au seul seigneur Voralan !

Les cavaliers n'avaient aucune raison de douter de l'identité proclamée, ils s'inclinèrent et l'escortèrent. Arwin pénétra dans cette forteresse elfe sombre en construction. En fin connaisseur, il apprécia la structure des bâtiments et leurs agencements.

Arwin en digne elfe sombre aimait la rigueur de son peuple. En concentrant son attention sur sa magie, il constata qu'il y avait bien une représentante de la noblesse elfe claire retenue dans ces murs.

Intérieurement, il sourit, ce Voralan allait bientôt se découvrir un nouvel adversaire.

Arwin fut conduit dans une immense salle d'armes où on lui servit du vin et un repas chaud. Après une dizaine de minutes d'attente, une femme entra et s'inclina.

Grande et svelte, cette magicienne elfe sombre irradiait d'une puissance peu commune. Autour de son cou, un somptueux collier de perles vertes brillait de mille feux et à ses doigts, une bague semblait émettre un rayonnement particulier. Ses poignets étaient ornés de bracelets anciens et incrustés de runes complexes, de toute évidence, des artefacts puissants. Sans aucun doute, ces bijoux devaient augmenter de façon très significative sa magie. Une courte robe noire mettait en valeur sa longue chevelure blanche. Le vert très clair de ses yeux se mariait parfaitement avec celui de son collier.

La rare beauté de cette femme alliée à la puissance de sa magie la rendait terriblement dangereuse.

Elle se redressa lentement et engagea la conversation :

– Mes respects, prince Prian. Le prince Voralan vous prie de l'excuser de ne pouvoir vous recevoir personnellement. Des affaires urgentes retiennent son attention et il ne pourra être de retour avant ce soir. Un appartement a été mis à votre disposition où vous pourrez vous reposer avant son retour.

– Je suis très pressé ! Veuillez me conduire immédiatement auprès de la princesse que vous…

– Le prince Voralan n'autorise aucune visite à la p… risonnière en son absence, cet ordre vaut pour tous, dit-elle en lui coupant la parole.

Elle ne souhaitait pas confirmer le titre de la

prisonnière. La tension monta d'un cran, mais Arwin devait se montrer raisonnable et patient. Avoir plus d'informations, sur la configuration des lieux et des forces en présence, semblait primordiale.

– Bien, j'attendrai le retour du prince.

Arwin fut conduit dans une superbe suite où il put se laver et se reposer, des vêtements propres furent laissés à son attention. Après avoir dévoré les fruits et les divers mets laissés sur la table, il plaça plusieurs protections magiques dans la pièce et s'endormit.

Après une heure d'un sommeil sans rêves, lentement, il se réveilla. Le prince Voralan approchait, il le sentait à travers la magie.

Il prit alors conscience que le seigneur de cette forteresse n'était pas n'importe qui ! Cet homme était puissant et dangereux. Car ce prince n'était pas un mage, mais un sorcier !

Des trompettes annoncèrent l'arrivée du maître des lieux et ce fut l'effervescence dans les couloirs du bastion. Arwin toujours soucieux de ne pas être démasqué imagina rapidement une histoire à peu près crédible. La confrontation allait être difficile, il se pouvait bien qu'il n'en sorte pas vainqueur.

Finalement, la jeune femme vint le chercher. Elle avait changé de tenue, mais portait toujours ses artefacts magiques aux bras et au cou. Elle était accompagnée de deux mages, qui eux aussi semblaient sur leurs gardes. Décidément, cette entrevue n'allait pas être simple.

Arwin les suivit sans un mot, plus il approchait de son but, plus il sentait la puissance adverse se révéler. Finalement, il parvint dans la salle de réception. À son arrivée, les conversations se stoppèrent et le silence s'imposa. Le prince Voralan se leva avec élégance de son trône, aussitôt, plusieurs mages se placèrent derrière lui, afin d'assurer sa protection.

Cet homme était prévoyant et sur ses gardes, légèrement plus âgé qu'Arwin, il émanait de ce sorcier une puissance et une assurance peu communes. Tout de noir vêtu, il portait une longue chevelure cendre, seul son visage d'une noirceur profonde se démarquait. Il possédait une autorité naturelle et de grands pouvoirs, Arwin avait du mal à en définir la nature exacte, ni même l'ampleur, mais à l'évidence il cachait bien son jeu.

Les deux hommes se dévisagèrent longuement. Ils se jaugèrent, puis Voralan prit la parole :

– Mes respects, prince Prian, c'est un honneur de vous recevoir dans mon humble demeure. Je ne vous cacherais pas ma surprise, car si je ne me trompe pas, je suis toujours sous le coup d'une disgrâce… et d'une sanction de bannissement, émanant directement de notre chère reine ?

– C'est exact, mais diverses rumeurs indiqueraient que vous détenez une certaine prisonnière en ce lieu et j'ai été chargé de m'en assurer.

– Soit ! Mais comprenez bien, cher ami, qu'ici dans le royaume du Vanaheim, je suis libre de toute tutelle. Dès lors je n'ai de compte à rendre à personne !

– J'en conviens. Sachez bien, prince Voralan, que si ces rumeurs s'avéraient exactes, je suis en mesure de convenir de la monnaie d'échange de votre choix.

Arwin bluffait, mais il n'avait pas vraiment d'autre choix. Le prince Voralan invita ses convives à prendre place autour de la table. Il se plaça à son extrémité et désigna la place en face de lui à son hôte, puis s'assit. Arwin s'y dirigea d'un pas rapide et s'installa. Une fois assis à son tour, les autres convives prirent place et des discussions anodines s'engagèrent. Voralan resta silencieux, fixant avec insistance son mystérieux invité.

Comme il se doit et malgré la position de la cité en territoire ennemi, le repas fut délicieux. Alors qu'une foison de desserts était apportée, Voralan prit la parole :

– Notre hospitalité a-t-elle été à votre convenance, prince Prian ?

– Ce fut un régal, félicitez vos cuisiniers qui ont fait preuve d'un talent impressionnant, car je me doute que votre ravitaillement doit être difficile par ces temps troublés.

– Nous n'y manquerons pas. Se levant, il ajouta : suivez-moi, que nous puissions parler en privé du motif de votre visite.

Arwin à son tour se leva et peu à peu, la salle à manger et tous les convives se dématérialisèrent. Décidément, Voralan disposait de nombreux pouvoirs, il allait devoir rester sur ses gardes, et cela bien plus qu'il ne l'aurait souhaité. Comment établir un plan réalisable, si sa survie même n'était pas assurée !

Finalement, une autre pièce apparut. Les deux princes se retrouvèrent dans un petit appartement richement décoré. Deux autres personnes les y attendaient. Un homme à la forte stature, qui semblait prendre beaucoup de plaisir à torturer une petite créature et une femme à l'aspect cadavérique à moitié dissimulée dans une capuche d'un noir profond.

Voralan fit les présentations avec désinvolture :

– Voici le Comte Guruos, maître démoniste et la Duchesse Vrinnash, nécromancienne de talent.

L'homme était impressionnant. Une brute épaisse qui devait mesurer plus de deux mètres et peser plus de cent kilos. Une barbe fournie cachait son visage, mais ses petits yeux en disaient long sur sa perfidie et sa fourberie. Il portait des vêtements de cuir élimés et sales, mais cela ne semblait pas le gêner.

Cet homme, originaire de Midgard, faisait partie des ténébreux, des humains parfaitement à l'aise avec les forces démoniaques qui dirigeaient divers univers parallèles. Passé maître dans son domaine, il avait tout l'air d'aimer tromper son monde et de pouvoir frapper sans retenue. Un rustre, voilà ce qui pouvait le définir le mieux, mais puissant !

La femme, une elfe sombre, semblait sans âge, d'une extrême maigreur, elle ressemblait plus à un cadavre qu'autre chose. Ses vêtements aux couleurs fanées renforçaient cet effet spectral, qu'elle semblait affectionner. Parfaitement propre et soigné, même son visage et son teint bleuté ne se démarquait pas de cet ensemble vaporeux. Ses yeux, outrageusement fardés, semblaient disproportionnés et glaçants. À sa ceinture pendait une longue baguette en forme d'os. Faite d'ivoire, elle irradiait d'une faible lumière sombre. Son pouvoir devait se trouver dans cette baguette infernale !

Arwin s'inclina, de plus en plus mal à l'aise.

– D'ailleurs, ma chère Vrinnash, veuillez informer le prince 'Prian' de l'incroyable coïncidence dont vous m'avez fait part.

La femme leva son regard livide sur Arwin et dit :

– Nous avons en commun une connaissance, qui depuis peu peuple le monde des morts !

Lentement, elle leva ses bras osseux et un froid glacial emplit la pièce. Puis une silhouette féminine se dessina. Arwin assista médusé à l'apparition de la princesse Golvan !

Dès qu'elle le reconnut, elle se jeta sur lui en hurlant :

– Arwin, traître à ta race !

Arwin aurait bien à nouveau renforcé son bouclier magique s'il n'avait déjà été au maximum de ses capacités. Le spectre de la princesse décédée le traversa et tenta sans succès de le lacérer de ses griffes. Puis la voix autoritaire de la nécromancienne intervint :

– Du calme, ma chère sœur !

Joignant le geste à la parole, elle ferma son poing. Le spectre se figea, car le monde des morts n'était pas exempt de règles. Pour les récalcitrants, il existait des supplices si terribles que les vivants ne pouvaient même pas les imaginer. Désormais, le spectre de Golvan devait obéir et céder sous peine d'être sévèrement châtié.

Voralan reprit la parole :

– Par chance, ces deux sœurs se détestaient de leur vivant. Une vague histoire de mariage propulsant l'une dans la lumière de la cour et l'autre dans les ténèbres des monastères. J'ai même cru comprendre que cette chère Vrinnash vous serait plutôt reconnaissante. De mon côté, je ne me mêle jamais des affaires des uns ou des autres, à partir du moment où je ne suis pas concerné. Guruos est sur la même ligne que moi, sur beaucoup de sujets. Comme vous pouvez le voir, nous formons un trio assez homogène et ô combien efficace, vous pouvez aisément l'imaginer. Mais il nous manque un maître magicien. Au vu de vos propres exploits et de votre réputation, nous serions prêts à envisager une collaboration. Un quatuor de notre trempe pourrait être une force non négligeable dans ce monde en reconstruction.

Arwin répondit négligemment :

– J'apprécie que vous ne me teniez pas rigueur de mon petit mensonge.

Le comte Guruos qui venait d'arracher une autre patte du petit démon qu'il détenait dans sa main ajouta :

– Ce point précis n'est pas encore tranché et dépendra beaucoup de votre réponse à la proposition du prince Voralan.

Le membre arraché repoussa instantanément, sous les couinements aigus de la créature. Le comte en sourit et reprit aussitôt son sinistre passe-temps.

Arwin en avait des haut-le-cœur, en aucun cas il ne pouvait laisser la princesse Erindell entre les mains d'individus aussi sinistres. Pour le moment, il ne pouvait que tenter un coup de bluff, avec beaucoup de précautions, car ses interlocuteurs n'étaient pas des gens à prendre à la légère. Il devait se montrer aussi implacable qu'eux. Il ajouta :

– Je ne doute pas que mes talents de mage puissent vous être très utiles. Avant de m'associer à vos projets, je dois prendre quelques précautions et voir dans quelles mesures et à quels sacrifices vous êtes prêts à consentir pour me compter parmi vous.

Il avait de toute évidence capté leur attention et touché la corde sensible, les contreparties !

Voralan reprit la parole :

– Il va sans dire que nous serons très attentifs à vos conditions. Gardez pourtant à l'esprit que notre générosité commence avec le fait que vous soyez toujours en vie à cette heure. Sans parler des avantages factuels liés à notre alliance.

– Je ne serai pas 'trop' exigeant, mais le roi Ollawen a une dette envers moi. J'estimerais comme un privilège de pouvoir tuer de mes propres mains sa fille, qui si je ne me trompe est détenue prisonnière dans cette forteresse. J'ajoute, avec l'accord de la duchesse Vrinnash, qu'il n'est pas impossible que je lui demande la permission de me permettre de recommencer plusieurs fois et sous diverses formes, l'exercice !

Arwin jouait gros sur ce coup. Il espérait que la cruauté de sa demande la rendrait 'amusante' à ses interlocuteurs. De toute façon, il n'avait pas le choix. Contre toute attente c'est la duchesse Vrinnash qui prit la parole :

– Rappeler des limbes une elfe claire, quelle horreur ! Je vous encourage à ne pas vous montrer trop déplaisant à mon égard. Elle rit aux éclats puis ajouta : je vous saurais gré d'être raisonnable, prince Arwin et de ne pas me le demander trop souvent !

Le comte Guruos ajouta :

– À partir du moment où je suis là lors de sa première mise à mort, je n'y vois pas d'objection !

Voralan semblait bien moins enthousiaste, il dit :

– Cette princesse est une monnaie d'échange d'une valeur inestimable.

Avant même qu'il ne développe ses arguments, Arwin intervint :

– Je croyais que c'était moi l'allié inestimable ? Il faut savoir, prince Voralan ! Je ne demande que l'assouvissement d'une vengeance en échange d'une alliance sans faille. Ce prix est-il trop élevé à vos yeux ?

Voralan resta sur ses gardes, il ajouta :

– Je sais que vous êtes resté prisonnier aux mains du roi Ollawen durant plusieurs semaines, mais perdre une carte si précieuse pour assouvir une simple vengeance personnelle n'est peut-être pas un choix aussi judicieux que cela. Si Ollawen arrive un jour à la tête de son armée devant nos portes, nous n'aurons plus sa fille comme otage. Le Ragnarök n'a peut-être pas décimé autant de monde qu'on pourrait le croire !

– J'avais cru comprendre que je m'alliais à des conquérants et non de futurs assiégés ! Prince Voralan, soyons clair, si je vous rejoins c'est pour devenir le maître du Vanaheim et non négocier ma survie bien cachée à l'abri derrière une princesse ennemie !

– Cela va sans dire, prince Arwin. Si vous le voulez bien, nous en rediscuterons demain, la nuit porte conseil à ce qu'on dit. Que chacun pèse bien le pour et le contre, car dans un sens comme dans l'autre notre décision sera lourde de conséquences ! De toute façon le problème ne se pose pas dans l'immédiat. La princesse est détenue dans une prison temporelle, elle n'est pour l'instant pas accessible.

Voralan leva ses bras et la pièce peu à peu se dématérialisa. Arwin accompagné de Voralan quittèrent ce monde parallèle, créé juste pour la confidentialité de leurs discussions, et revinrent seuls dans la vaste salle à manger.

Voralan alla directement s'asseoir sur son trône et dit :

– Saviez-vous, prince Arwin, que je dois la vie à votre mère, la princesse Nagaaril ?

– Voilà qui est étrange, ma mère ne s'est jamais distinguée par ses excès de charité.

– C'est pourtant exact. Elle participa à la défense de la citadelle de Korbar dans le Nord du Svartalfheim. J'étais encore enfant lorsque les nains tentèrent une avancée sur nos terres. Ils avaient percé nos protections et envahi notre cité. Alors que la porte de notre palais était enfoncée et que les nôtres tombaient par dizaines, la princesse Nagaaril apparut à la tête de nouvelles troupes et renversa la situation. Sublime et implacable, elle pourchassa les nains encore présents dans le palais et finit par tuer celui qui me retenait prisonnier. Terrifié, je restai pétrifié face à cette déesse de la guerre dont l'armure maculée de sang ennemi laissait transparaître l'éclat jaune de l'or. La princesse tendit sa main vers moi, puis la retira brutalement, elle venait de se rendre compte que mon corps n'irradiait d'aucune magie. Sans même un regard, elle quitta la salle et repartit au combat, pour elle, je n'existais déjà plus.

– Je dois admettre que la magie est une force qui a su maintenir notre lignée sur le trône.

– La magie ! Elle vous éblouit tant que vous ne daignez pas regarder d'autres formes de puissance, moins spectaculaires certes, mais ô combien efficaces. Nos trois écoles issues des territoires lointains regroupent désormais plus d'adeptes que vous n'en avez jamais eu. Les sorciers, les démonistes et les nécromanciens, s'ils se regroupaient pourraient prendre le pouvoir en Svartalfheim !

– J'en doute ! Mais concentrons-nous plutôt sur notre ennemi commun qui est l'elfe clair. Je n'intégrerai votre alliance que si je peux assouvir ma vengeance !

– Je l'ai bien compris, prince Arwin. Cette question sera tranchée demain, n'en doutez pas.

Voralan se leva et prenant la main de la magicienne qui venait de pénétrer dans la pièce, ajouta :

– Je vous laisse en excellente compagnie, faites connaissance, car si vous deviez être des nôtres, vous prendriez la tête de nos mages qui étaient dirigés jusqu'alors par la délicieuse Iypud. Maintenant, excusez-moi.

Voralan se dématérialisa à son tour et en quelques instants, disparut.

Arwin décida de prendre les devants et proposa à son hôtesse une promenade sur les remparts de la forteresse. Avec délicatesse, elle s'inclina et montra le chemin au prince. Tout en marchant, ils échangèrent des banalités sur les ragots de la cour. Le reste de la soirée lui rappela les temps anciens où accompagné de sa mère, la princesse Nagaaril, il fréquentait les palais royaux et les cercles d'influence des elfes sombres, que ces jours heureux semblaient lointains désormais !

Finalement, il regagna sa chambre tard dans la nuit, mais ne parvint pas à trouver le sommeil. Échafaudant des centaines de scénarios dans l'espoir de sauver Erindell, il resta éveillé car tous présentaient des failles insurmontables. Seul contre tous, il n'avait aucune chance de réussir !

Iypud se présenta devant sa porte au lever du jour et lui proposa à nouveau de servir de guide en attendant le repas. Cette jeune femme était une intrigante, ses questions en apparence anodines étaient en fait destinées à le pousser à se dévoiler toujours un peu plus.

Il ne pouvait être ainsi toujours sur ses gardes, il avait à réfléchir et trouver une solution à ses propres problèmes. Il lui dit :

– Pensez-vous, dame Iypud, que j'aurai besoin de vos services lorsque je prendrai le contrôle du cercle de vos mages noirs ?

– C'est mon vœu le plus cher, prince Arwin.

– Alors, ne m'importunez plus avec vos sournoises questions et je vous suggère dès à présent de choisir votre camp : pour ou contre moi !

L'elfe sombre s'inclina devant le prince sans un mot. Elle s'était crue la plus fine et cela allait sûrement lui coûter cher.

– Parlez, j'exécuterai !

– Merci, dites-moi tout ce que vous savez sur cette

prison temporelle.

– Cette cellule a l'avantage d'être situé dans un plan démoniaque ; c'est le comte Guruos lui-même qui l'a créée. Sa porte n'est accessible qu'une fois par semaine, lorsque les deux plans sont alignés. C'est là que nous fournissons à la princesse sa nourriture. Le pain elfique est parfaitement adapté à sa survie.

– Et ce Comte Guruos ?

– Un démoniste de talent, passé maître dans l'art d'asservir les démons majeurs. Ses dernières prouesses le placent à l'égal de nos mages les plus puissants. Il est redoutable, car son art est mystérieux. Peu osent le défier, de peur de voir surgir un monstre aux pouvoirs dévastateurs.

– Comment contrôle-t-il ses démons ?

– Nul ne le sait, il y a plusieurs techniques. Certaines utilisent le nom secret des démons, d'autres un échantillon de leur peau, d'autres encore se servent de sortilèges très anciens et très puissants pour les asservir. Je crois que Guruos a réussi à mélanger plusieurs de ces techniques afin d'être très efficace. Il est très difficile de les capturer, mais encore plus compliqué de les contraindre à l'obéissance.

– C'est donc à un fragile château de cartes que Guruos doit toute sa puissance ? Il suffirait d'une étincelle pour que l'édifice s'écroule !

– Sûrement. Mais aux pouvoirs du comte Guruos, il faut ajouter ceux de la duchesse Vrinnash et du prince Voralan. À eux trois, ils forment une forteresse imprenable. Chacun compensant les faiblesses des deux autres.

– Une équipe qui gagne en somme ?

– Additionner à vos pouvoirs, en effet, je ne vois pas qui serait en mesure de vous résister. Les dieux sont morts, le pouvoir appartiendra aux téméraires qui auront l'audace de le ramasser !

– Avant de m'engager plus avant avec eux, je dois en savoir plus sur les pouvoirs de Guruos. Je suis moi-même nécromancien, Vrinnash ne me fait pas peur. Quant à Voralan, je ne le crains pas plus que ça, les sorciers ne sont que de piètres mages, en quête d'une puissance qu'ils ne peuvent maîtriser. Mais les démonistes restent une énigme pour moi. Je ne peux décemment m'allier avec un être dont j'ignore l'étendue des capacités.

– Je vous comprends, et soyez assuré que je ferai de mon mieux pour vous satisfaire, prince Arwin, conclut-elle en inclinant la tête.

Iypud avait choisi son camp. Arwin représentait une autorité bien plus légitime que celle de ce paria de Voralan, qui ne l'avait traitée qu'avec mépris et condescendance. Sur ces mots, elle quitta la pièce et laissa Arwin seul dans ses pensées. Comment réussir à créer assez de chaos, pour que leur trio se désorganise et qu'il ait le temps de libérer Erindell. Réussir à s'enfuir restant un autre défi… Il fallait trouver une solution et vite !

On dit que la nuit porte conseil, Arwin réalisa à ses dépens que toutes les nuits n'avaient pas cette vocation. Il était d'humeur maussade, aucune idée de génie ne lui était apparue. C'était désespérant de savoir Erindell si proche et de n'avoir aucun moyen de la secourir. C'est Iypud qui trouva la solution, bien involontairement il faut l'admettre. Mais désormais, il avait un plan, bien mince avec pas mal d'incertitudes, mais c'était le seul qui lui paraissait digne d'intérêt. Iypud lui révéla le plus simplement du monde, comment Guruos avait réussi à asservir son dernier démon, le plus puissant d'entre tous. Elle l'avait secondé durant cette délicate opération et c'est elle qui avait placé l'anneau de pouvoir au doigt du démon.

Arwin fit rapidement le lien entre la créature et sa bague. Sans ce petit bout de métal, cet être issu des territoires chaotiques reprendrait sa liberté et avec elle, son goût pour le sang et la destruction. Confronté à cet être déchaîné, le trio concentrerait ses pouvoirs sur sa propre survie. Il aurait dès lors le temps de secourir Erindell. Mais comment retirer cet anneau au démon ? Voilà qui n'allait pas être simple, mais pour autant ce n'était pas impossible et il n'était pas à un exploit près !

Le prince Voralan finit par convoquer ses alliés dans la grande salle de réception. Il prit aussitôt la parole :

– Alors, prince Arwin ? Avez-vous pris votre décision ?

– Ma loyauté contre la vie de la princesse !

Voralan se tourna alors vers le comte et la duchesse :

– Des objections ?

'Aucune pour moi' se contenta d'ajouter le comte en arrachant pour la énième fois une patte à son animal de compagnie, qui quasi instantanément réapparut. La duchesse ne répondit pas, mais chacun comprit à son large sourire qu'elle était de tout cœur avec eux. Voralan inclina la tête.

– Qu'il en soit ainsi, il faut savoir payer le juste prix des choses. Un allié comme le prince Arwin nous place désormais parmi les puissants, les très puissants. Même les survivantes du conseil des matriarches sombres devront compter avec nous ! Encore quelques instants, prince Arwin et la porte de la cellule de la princesse s'ouvrira. Je compte sur vous pour être imaginatif, la mort d'une princesse elfe claire est un luxe que nous n'aurons pas de sitôt le plaisir de partager à nouveau.

Lentement, au fur et à mesure que les deux plans s'alignaient, la porte qui avait commencé à apparaître tel un lointain mirage devenait plus précise, plus nette. Arwin alors se rapprocha discrètement du comte Guruos et désignant le petit démon, lui dit :

– Je peux ?

Alors que tous s'attendaient à voir le prince Arwin arracher la patte du démon, d'un rapide revers de main, il attrapa le petit bras gauche, au bout duquel il y avait une main et quatre doigts, dont l'un portait une minuscule bague. D'un coup sec, Arwin arracha le bras. Guruos laissa échapper un long hurlement :

– Nooooooooooooooooon !

Arwin faussement étonné s'exclama :

– Mais que vous arrive-t-il ?

Ses paroles se perdirent dans le vacarme du combat. Le démon libéré venait de quadrupler de volume et se déchaînait. Voralan avait pourtant réagi avec intelligence et déjà maîtrisait en partie la folie dévastatrice du démon avec ses sortilèges.

Il fallait faire vite ! Se plaçant dans l'axe du sorcier, Arwin se jeta sur le démon. Protégé par son bouclier magique il fut violemment repoussé. Dans son élan il frappa de plein fouet le sorcier qu'il propulsa contre le mur. Libéré du sortilège, le démon redoubla de force malgré les cages d'os qu'invoquait en continu la duchesse. La situation semblait bien incertaine.

La porte de la cellule était désormais bien réelle dans leur plan, il fallait faire vite. Arwin en profita pour invoquer la pluie sur le démon en furie. Aussitôt, la pièce fut envahie de vapeur d'eau. On n'y voyait pas plus loin que le bout de sa main. Arwin pulvérisa la porte de la cellule et y pénétra. Mais lorsqu'il réalisa ce qu'il voyait, il fut comme paralysé, quelle folie se jouait encore là ?

Devant lui, sur une paillasse à peine propre gisait la princesse royale Aïthem ! Voyant le prince Arwin apparaître, elle se leva et le plus simplement du monde lui dit :
– Prince Arwin, j'ai peur !

Une colère incommensurable l'envahit. Comment ces chiens avaient-ils eu l'audace d'emprisonner ainsi une enfant ? Il répondit avec la même sincérité :
– Moi aussi. Viens vite et partons d'ici !

La jeune princesse se jeta dans les bras d'Arwin, qui se concentra pour les téléporter le plus loin possible. Avant qu'ils ne s'évanouissent complètement, Voralan pénétra dans l'étroite prison et lui hurla :
– Sale traître ! Nous allons te traquer et tu paieras cette félonie !

Oh oui, ils allaient le pourchasser ! Encore une fois, il venait de se faire de nouveaux ennemis aussi mortels et déterminés que les précédents.

Il se matérialisa, de nouveau, devant les ruines de l'antique cité des dieux Vanes. Il se laissa tomber au sol, épuisé par ce nouveau transfert avec une passagère. La princesse Aïthem attendait près de lui, en silence. Comme lui, elle semblait perdue. Arwin se redressa et enveloppa l'enfant dans sa cape. Il était désemparé, perdu, qui se jouait ainsi de lui ?

Mais où était donc la princesse Erindell ?

Alors, il se souvint de son choix lorsqu'il avait franchi le fleuve. Une nouvelle fois, il se maudit de ne pas avoir suivi son instinct. Il avait tout de même bien délivré une princesse, mais ce n'était pas celle qu'il pensait secourir. Il enrageait, mais ne pouvait tout de même pas le regretter. Que faisait donc la princesse Aïthem aux mains de ce trio diabolique ? Le roi Ollawen n'était-il pas assez puissant pour protéger sa famille ? Il avait pourtant été témoin de son transfert vers l'Alfheim ? La jeune princesse était bien partie vers son père, tout cela n'avait pas de sens !

Il ne comprenait plus rien. Allait-il devoir, toute sa vie, courir au secours des filles de son ennemi ? Finalement, il se redressa et voyant le pendentif magique de la jeune princesse briller de mille feux, il dit :

– C'est bien ton médaillon de transport, Aïthem ?

– Oui, je l'avais caché, mais il ne marchait pas dans ma prison.

– Donne-le-moi, je vais tenter de trouver du secours.

Il plaqua le médaillon sur son front et se concentra.

Loin, très loin de là, un roi se redressa. Depuis des jours, il attendait prostré sur son trône des nouvelles de ses filles. Un frisson d'effroi le parcourut lorsqu'il identifia son interlocuteur.

– Prince Arwin !

– Oui majesté, je suis le prince Arwin.

– Ma fille Aïthem est-elle entre vos mains ? Et Erindell, la détenez-vous aussi ?

Arwin posa alors sa main sur la tête de la jeune princesse et ouvrit son esprit au roi, il ajouta :

– Aïthem est bien là, pour ce qui est d'Erindell, je vais tenter de la retrouver.

Ollawen resta silencieux. Grâce à ce contact physique entre Arwin et Aïthem, il venait de prendre rapidement connaissance des derniers événements qu'avait vécus sa fille. Il n'avait qu'une vision parcellaire des événements, mais cela était suffisant pour poser plus de questions que de réponses. Tout cela n'avait pas de sens. D'après les derniers rapports, sa fille Erindell avait été enlevée par le prince Arwin. La vérité semblait bien plus compliquée que cela.

– Quelles sont vos exigences pour la libération de ma fille ?

– Aucune, je suis las de tout cela, Majesté. Je ne suis plus votre ennemi. Je ne suis plus rien. Tendez-moi votre main, j'y placerai celle d'Aïthem, ainsi personne ne pourra l'intercepter et lui nuire !

Dans le plan astral, les distances n'avaient plus de réalité. Le roi leva sa main et Arwin y plaça celle de sa fille, qui fut aussitôt attirée. Aïthem disparut lentement. Les deux hommes restèrent ainsi quelques minutes à s'observer. Arwin sourit en voyant la princesse se jeter dans les bras de son père. Elle avait atteint l'Alfheim sans difficulté, avec soulagement, il se dit 'Une de sauvée !'

Le roi soulagé reprit la parole :

– Je vous suis redevable prince Arwin, que puis-je faire pour m'acquitter de cette dette ?

– Pour l'heure, j'ai juste besoin d'un cheval et de vivres.

Le roi donna ses ordres et un cheval lourdement chargé apparut. Une nouvelle fois, un échange passa à travers cette communication. Une fois le cheval matérialisé devant Arwin, le roi se leva et ajouta :

– Méfiez-vous, prince Arwin. C'est un de vos proches qui vous a trahi !

La communication fut brusquement rompue. Et voilà que pour couronner le tout, son ennemi le mettait en garde contre un de ses proches. Mais quand tout cela allait-il cesser ?

Il resta un long moment immobile, puis se redressa. Il rangea précautionneusement le médaillon royal dans l'une de ses poches et se concentra. Pour l'instant, le problème était : où pouvait bien se trouver la princesse Erindell ?

Cela allait s'avérer plus compliqué que prévu, il lui fallait tout reprendre depuis le début.

Et quelle ironie du sort, il se trouvait justement au point de départ de cette rocambolesque aventure.

Chapitre 4

« C'est alors qu'Odin et ses deux frères tuèrent Ymir. Puis, ils créèrent le ciel et la terre avec son cadavre. Son sang forma la mer, son corps forma la terre, ses os formèrent les montagnes, ses cheveux formèrent les arbres, et son crâne forma les cieux. »

(Völuspá, act4)

*

*   *

Alors qu'une immense armada se rassemblait aux portes d'Asgard pour la prendre d'assaut, de nombreuses troupes pénétrèrent sournoisement en Alfheim pour y semer le chaos et la destruction. Les cités elfes clairs, dépeuplées de leurs guerriers massés aux frontières, furent alors la cible d'attaques éclaires et dévastatrices. Une à une, les villes plusieurs fois millénaires tombèrent et furent pillées, puis incendiées avec une sauvagerie inégalée. Des cohortes de réfugiés se jetèrent sur les routes et formèrent deux colonnes distinctes. L'une se dirigea vers Asgard, la forteresse des dieux alors que l'autre prit la route pour la seule destination encore envisageable, la capitale royale des elfes clairs.

Dans ce désordre indescriptible et les ruines à perte de vue, un elfe cherchait parmi les décombres d'une prison le corps d'un de ses ennemis. Mais malgré ses efforts, il dut se rendre à l'évidence, son prisonnier avait survécu à l'effondrement de son cachot. En désespoir de cause, le prince Zelbiem rejoignit les rares survivants et se retrouva bien malgré lui en partance pour le royaume des dieux.

Le voyage fut long et éprouvant. Il lui permit de faire le point sur les derniers événements. Il avait failli à sa parole et du même coup mis en péril son infortuné allié. Ce pacte contre nature entre un elfe sombre et un clair avait été difficile à accepter. Mais comment refuser lorsqu'on vous propose la vie de votre pire ennemi sur un plateau et qu'on exige si peu en échange ! Pourquoi le roi avait-il refusé de remplir sa part du marché ? Tuer ce général ennemi relevait du bon sens ! La princesse Erindell était-elle intervenue ? Cela n'avait pas de sens et le résultat était catastrophique.

Le prince Arwin était sûrement libre à l'heure actuelle. Ces elfes sombres étaient généralement plein de ressources et leurs princes... Avait-il déjà repris la direction de son armée ? La princesse Erindell avait-elle aussi disparu et la bataille finale se rapprochait dangereusement. Il devait se préparer, survivre à ce qui s'avançait devenait une obligation.

La longue colonne des rescapés finit par atteindre Asgard, mais la guerre les avait précédés et les combats se perdaient à l'horizon. Une horde de trolls attaqua leur convoi et chacun tenta de sauver sa propre vie. Dans sa fuite, Zelbiem découvrit une grotte où il se terra dans l'espoir de passer inaperçu.

Lentement, à l'aide de son doigt, il dessina plusieurs runes magiques sur ses bras, ses jambes et son torse. Ces formules anciennes et très puissantes se mirent à luire et formèrent une sorte de bulle autour du prince, renforçant son bouclier corporel. Il ne devait pas mourir, c'était à cette seule condition qu'il pourrait laver l'honneur de sa race. Il n'avait plus qu'une seule obsession désormais ; tuer Arwin ou retrouver sa tête.

Le ciel finit par s'assombrir et l'antique forteresse d'Asgard fut attaquée. Le seigneur Heimdall sonna l'alarme et le pont arc-en-ciel fut pris d'assaut.

Le Ragnarök débuta dans cet appel funeste à la guerre et tel que l'avaient prédit les oracles, le monde s'embrasa et se consuma.

Apeuré, Zelbiem s'enfonça plus profondément dans son refuge, qui se révéla être un lieu ancien et sacré. La grotte d'Urd, dont le puits magique était gardé par les trois Nornes, déesses du destin. Il se terra alors dans un coin sombre, espérant échapper à la mort qui approchait. Mais même ici, le Ragnarök s'abattit sans retenue et, aussi incroyable que cela puisse paraître, le puits sacré fut frappé par un séisme impressionnant. Les dieux mourraient les uns après les autres puis il sentit le vide que laissa la disparition du royaume de Midgard, la terre des hommes. Contre toute attente, le puits divin fut éventré et commença à se vider de son eau magique.

Zelbiem appela, chercha du secours dans toute la grotte, mais ne trouva pas les déesses du destin. Avant que la dernière goutte d'eau du puits ne s'écoule et ne disparaisse dans la terre, il la récupéra dans son casque. Boire cette eau sans autorisation s'apparentait à un sacrilège, Odin lui-même avait dû donner un œil pour avoir ce privilège ! Mais Odin, comme tous les autres, était mort, alors de prix à payer, il n'était plus question. Il but la goutte et lentement les ténèbres le submergèrent. Le rêve qui s'en suivit fut terrible, effroyable. Mais l'avenir ne se négocie pas, il se dévoile dans sa vérité crue, aussi hallucinant qu'il soit, il faut le regarder en face et l'accepter.

Le prince Zelbiem finit par se relever. Il hurla alors sa colère et son désespoir. Mais l'avenir lui avait été révélé, il ne pouvait que pleurer cette triste fatalité. Ce terrible cauchemar le hanterait toute sa vie, il ne pouvait plus l'effacer de sa mémoire et passerait désormais son existence à tenter de le modifier. Car durant cette transe, il avait été le témoin du futur… d'un futur possible et même probable ! Zelbiem crachat son dégoût. Il ne pouvait accepter pareil destin. Tant qu'il lui resterait un souffle de vie, il s'y opposerait et tenterait tout pour que cet avenir ne voit pas le jour.

Il sortit en titubant de la grotte. L'apocalypse qui s'était abattue sur ce monde n'était rien face au destin qui lui était réservé. Si un elfe sombre en prenait le pouvoir, aucune des créatures survivantes au Ragnarök n'aurait d'avenir autre que dans la servitude, il en était certain !

Les huit royaumes allaient plier sous le joug de ce monstre. Il devait tout faire pour qu'il en soit autrement.

Lentement, il se dirigea vers une petite troupe de survivants déboussolés. Ils devaient de toute urgence se regrouper et établir une défense. La guerre n'était pas terminée, il fallait se renforcer et à nouveau livrer bataille pour survivre. Mais pour lui, tout était encore plus simple, la guerre contre ce futur démarrait. Et s'il n'était pas en mesure d'atteindre Arwin, il pourrait toujours retrouver Erindell. L'un comme l'autre était à l'origine de ce funeste avenir ! Désormais tout était permis afin d'empêcher qu'il se réalise.

Il prit la direction de l'antique capitale des elfes clairs et se rapprocha du roi. Erindell restait introuvable, il plaça alors des espions à sa solde aux divers points de passages entre les mondes. Tôt ou tard, le couple maudit réapparaitrait et il serait là pour les terrasser !

*
*   *

Erindell regardait, terrifiée, le nuage de poussière se rapprocher. Arwin avait raison, les loups arrivaient et rien ne pourrait les stopper. Leur troupe, composée d'hommes, de nains et d'elfes clairs, allait être décimée.

Au milieu du tumulte, elle pria les Dieux de leur venir en aide. Mais, même de leurs vivants ni les Ases, ni les Vanes n'auraient daigné écouter sa prière, bien trop imbus de leur personne. De toute façon, le Ragnarök avait scellé leur destin.

Les guerriers formèrent une première ligne derrière laquelle les elfes se regroupèrent et bandèrent leurs arcs. En un rien de temps, les loups furent sur eux et le massacre débuta.

Erindell libéra sa magie et soigna les blessés de toutes races en reculant. En quelques minutes, elle fut au bord de l'épuisement. Cherchant instinctivement à se mettre sous la protection du prince Arwin, elle assista à une scène qui lui souleva le cœur et faillit lui faire perdre connaissance.

Ce dernier venait de saisir une baguette d'os et s'apprêtait à commettre un acte ignoble : la nécromancie. Des larmes coulèrent des yeux de la princesse, car en se rendant coupable d'un tel sacrilège, le prince Arwin rompait tout lien avec elle, et cela, quels que fussent ses sentiments pour lui.

Au bord de l'évanouissement, elle assista à la réanimation du loup qu'ils venaient de tuer. Arwin l'enfourcha et partit au galop dans sa direction, sans ménagement il l'attrapa au passage et continua sa course à toute allure.

Erindell vomit le peu de nourriture qu'elle avait encore dans l'estomac, le contact du loup mort-vivant étant au-dessus de ses forces. Voyant au loin, les animaux festoyaient avec les restes de ses compagnons elle ferma les yeux et continua à pleurer.

Solidement serrée contre Arwin, elle endura cette fuite du mieux qu'elle put. Finalement, elle se trouva projetée au sol. Tant bien que mal, elle se redressa, constatant sans surprise que son état physique ne valait guère mieux que son état psychique.

Pour une raison inconnue, le loup mort-vivant semblait avoir retrouvé son statut de cadavre. Elle rampa auprès d'Arwin et vérifia soulagée qu'il était inconscient, mais toujours vivant. La fatigue avait dû le vaincre et rompre le sort démoniaque qui le liait à cette créature morte.

Par chance, aucun ennemi ne se montra et ils restèrent ainsi, perdus au milieu de nulle part. Avec beaucoup de peine, elle tira Arwin loin du cadavre du loup et s'assura qu'ils ne courraient aucun danger. Finalement, épuisée, elle s'allongea sur le sol et, à son tour, sombra peu à peu dans un sommeil profond.

C'est la pression d'un bâton sur son bras qui la réveilla. Aussitôt sur ses gardes, elle renforça son bouclier corporel et se redressa. Autour d'elle, une nuée de petits êtres à l'apparence de rat s'enfuyaient : des scavens !

Elle n'en avait jamais vu personnellement, mais avait déjà entendu parler de cette sous-race issue d'un croisement effroyable entre un homme et un rat. Un instant, elle crut qu'ils étaient encore plus effrayés qu'elle, mais elle se trompait ! Ce qu'elle avait pris pour une fuite était en fait un positionnement offensif en vue d'une attaque en règle. Longtemps, elle regretta son erreur, car, une fois encerclée, elle subit de toutes parts les attaques des scavens.

Dans un premier temps, elle réussit à contrer l'averse de pierres. Affolée, effrayée, elle tenta de reprendre ses esprits pour contre-attaquer, mais les créatures ne lui en laissèrent pas le temps. Très habiles dans leur art, les chamans regroupèrent leurs attaques et réussirent à percer son bouclier magique. Finalement, une pierre tirée avec précision la frappa à la tempe. Assommée par le choc, elle s'effondra.

Le plus vieux des chamans s'approcha et dit :

– Elle nous remerciera peut-être plus tard de l'avoir soustraite des griffes de cet elfe noir. Nous savons tous de quelles cruautés sont capables ces sombres créatures. Faisant signe aux scavens de rang inférieur, il ajouta : attachez-les solidement et placez-les dans les zones sécurisées, bien éloigné l'un de l'autre !

Sans un mot, les guerriers-rats s'exécutèrent. Ils jouaient gros sur ce coup, mais c'était avec de tels otages qu'ils avaient le plus à gagner. L'elfe claire serait rapidement vendue aux ténébreux, ces hommes de Midgard servaient de négociateur, ils n'avaient aucun problème pour contacter les puissants de chaque race. Pour l'elfe sombre, il fallait être plus prudent et obtenir l'assurance d'une immunité avant d'exiger une rançon.

Un sourire mauvais se dessina sur les lèvres du vieux chaman, qui des elfes clairs ou sombres paieraient le plus pour le récupérer ?

L'avenir le leur dirait, mais il ne faisait aucun doute que le prix serait élevé !

D'après leurs tenues, ils faisaient tous deux, partie de la noblesse. Les rançons seraient à la hauteur des risques encourus, il en était certain.

Erindell s'éveilla au milieu d'une cellule assez spacieuse, creusée à même la roche. Le sol et les murs étaient parfaitement lisses. Elle avait été déposée sur un lit confortable et relativement propre. Elle localisa toute de suite, les totems chamaniques posés au sol et ne tenta même pas de les approcher. Elle replia ses jambes contre elle et pleura, qu'avait-elle fait pour mériter pareille infortune ?

Après plusieurs heures de solitude, le vieux chaman entra dans sa cellule. Il prit grand soin de ne pas s'approcher des totems, mais vérifia tout de même qu'ils étaient bien activés. C'est lui qui prit la parole :

– Sachez que vous allez bientôt nous quitter.

– Les miens ont-ils déjà payé la rançon ?

– Pas encore, mais cela ne saurait tarder. On va vous confier à des émissaires qui sont passés maîtres dans l'art de la transaction d'otage. Ils excellent aussi dans la négociation des rançons ! Une troupe de trolls doit vous escorter vers des humains qui pourront entrer en contact avec ceux de votre race.

– Et pour l'elfe sombre ?

– Son cas sera traité ultérieurement. Nous devons être prudents avec des êtres tels que lui. Plus qu'une simple somme d'argent, sa rançon doit comporter une clause de non-représailles. C'est souvent compliqué à négocier, mais indispensable à notre survie. Ce n'est qu'une question de temps, ils accepteront nos conditions, j'en suis certain. Sinon nous contacterons des elfes clairs, je pense qu'ils seront heureux d'en prendre possession.

Le vieux scaven quitta la pièce et Erindell se retourna anéanti. Elle ne ferma pas l'œil de la nuit, tant de questions et si peu de réponses.

Qu'allait-elle devenir si des elfes sombres surenchérissaient ?

Qu'allait devenir Arwin ? Quel que soit le camp qui paierait sa rançon, son avenir restait plus qu'incertain.

Au petit matin, les trois chamans scavens revinrent la chercher. Sans ménagement, ils lui passèrent une étrange chaîne autour du cou. Aussitôt, elle sentit toute magie fuir son corps. À nouveau, elle était livrée pieds et poings liés à l'inconnu.

Les hommes-rats enrageaient de n'avoir à leur disposition qu'un seul de ces puissants artefacts magiques. Nombreux auraient préféré que la chaîne soit passée autour du cou de l'elfe sombre, mais les circonstances et les priorités les obligeaient à affaiblir l'elfe claire. Il fallait qu'elle soit transportée sans risque pour son escorte, la rançon en dépendait.

La remontée vers la lumière dura plus d'une heure, cela lui parut interminable. De couloir en caverne, elle constata médusée, l'extrême misère de ces êtres qui devaient par ailleurs détenir d'innombrables trésors, du moins c'est ce qu'on prétendait.

Lorsqu'elle déboucha en pleine lumière et identifia son escorte, elle comprit que son supplice était encore loin d'être achevé.

À son grand désespoir, c'était bien des trolls qui l'attendaient !

Avec mille précautions, elle fut ligotée sur un loup. Les trolls parlementèrent longuement avec les scavens. Fidèles à leur réputation, les hommes-rat semblaient négocier un prix supérieur à celui convenu. La tension monta au point que les trolls se regroupèrent et dégainèrent leurs armes. Finalement, les hommes-rats n'insistèrent pas et se replièrent dans leurs cavernes. De toute façon, il leur restait un otage et ils comptaient bien en tirer un prix plus que respectable.

Les trolls remontèrent furieux sur leurs montures. Leur chef, une brute de plus de deux mètres, semblait avoir du mal à contenir ses troupes. De toute évidence, ils avaient faim et ces scavens, bien que peu appétissants, auraient bien fait l'affaire. Après plusieurs coups de poing bien placés, le chef reprit la direction des choses et ils partirent au galop vers l'Ouest.

Les loups n'eurent droit à aucun repos et après plusieurs heures de courses, ils arrivèrent en vue d'une rivière. Erindell espéra que cela lui donnerait un répit, un peu de temps pour échafauder un plan d'évasion, mais ce ne fut pas le cas. Les trolls, qui ne faisaient que reprendre en sens inverse leur route initiale, avaient laissé sur la berge les barques qui leur avaient servi pour passer le fleuve.

Mais en arrivant sur la rive, la situation ne paraissait plus aussi simple que prévu. Ils grognaient et tournaient en rond, ils avaient peur. La rivière semblait en crue et la force du courant devenait préoccupante. À nouveau, leur chef hurla ses ordres. Il fallait repasser sur l'autre rive le plus vite possible, tant que le fleuve restait encore praticable.

Une fois tous passés, ils détruisirent les barques et reprirent leur course folle vers l'Ouest. À nouveau, plusieurs heures passèrent avant que le chef troll n'ordonne un arrêt. Toujours d'humeur maussade, chacun partit aussitôt à la chasse de son dîner. Heureusement, un sac contenant du pain elfique fut donné à Erindell. En silence, elle reprit des forces et tenta d'échafauder un plan d'évasion. L'artefact scavens, qui lui enserrait le cou, l'empêchait d'utiliser toute magie. Dès lors ses marges de manœuvre étaient limitées, voire nulles. Une nouvelle fois, elle s'en remit à la providence et à un éventuel secours extérieur. Elle n'eut pas bien longtemps à attendre.

Un calme précaire régnait sur cette plaine calcinée. Quand tout à coup, le chef des trolls se redressa. Bruyamment, il renifla l'air ambiant et, saisissant son impressionnante masse d'armes, il poussa un long hurlement. Aussitôt, ses guerriers se regroupèrent l'arme à la main autour de lui. Comme pour répondre à son appel, une première flèche se planta dans son dos, puis une deuxième dans sa jambe droite.

Loin de le terrasser, le chef arracha les flèches de son corps et bondit en direction du bosquet d'où elles avaient été tirées. L'averse de flèche décima la moitié des trolls qui tentèrent de le suivre. Avant qu'il n'atteigne son but, trois nouvelles flèches hérissaient son buste. Le chef affaibli posa un genou à terre. Il n'en fallut pas plus pour que ses assaillants se jettent sur lui.

Bien que gravement blessé, le troll se redressa, bien décidé à vendre chèrement sa peau. Il réussit même à tenir en respect les guerriers qui s'étaient massés contre lui. Mais à nouveau, plusieurs flèches le touchèrent, dont une qui lui transperça la nuque.

Grièvement touché, il tenta de reculer, mais ses assaillants le poursuivirent les lances en avant.

Le troll fut littéralement transpercé. Dans son élan,

un homme l'embrocha et le cloua contre un arbre. Laissant la créature agoniser en hurlant, il dégaina son épée et repartit au combat.

Les autres trolls tentèrent bien de secourir leur chef et de se défendre, mais ils furent abattus sans ménagement, tout ce carnage n'avait pris que quelques minutes.

Un à un, ceux qui étaient partis au ravitaillement connurent le même sort. Les guerriers humains avaient été très efficaces et n'avaient à déplorer la mort que de deux des leurs. Sans état d'âme, les loups furent tués à leur tour et finalement Erindell sortit de sa cachette. Aussi improbable que cela puisse paraître, une princesse elfe venait d'être délivrée par une troupe de soldats humains de retour d'expédition. Elle remercia chaleureusement ses sauveurs et accepta avec joie qu'ils la conduisent auprès de leur roi.

À nouveau, le voyage fut long et pénible. Ravagées par des séismes et un incendie effroyable, les routes étaient dévastées. Toujours à l'affût de la moindre menace, ils devaient au moindre doute se mettre à couvert. Malgré ces conditions de marche épouvantables, ils arrivèrent en vue d'un avant-poste humain.

Erindell n'en crut pas ses yeux. Le village humain qui s'étalait devant la forteresse était misérable. La poussière noire, issue des incendies qu'avait subie la région s'infiltrait partout. Où qu'elle porte le regard, il lui semblait voir que des elfes sombres. Profondément mal à l'aise face à tant de misère, elle demanda à être conduite devant le roi.

Elle fut reçue, avec le maximum de fastes que le permettait la situation. Tels ses hommes, le roi Borum était méconnaissable.

Elle le connaissait depuis longtemps. Étant l'un des rares dignitaires de Midgard à vivre sur la terre des dieux Vanes. Elle l'avait souvent croisé lors de réunions importantes.

Borum s'inclina majestueusement devant la princesse elfe et s'excusa pour la médiocrité de son accueil. Erindell s'inclina à son tour sans un mot.

Le vieux roi la prit dans ses bras, cette familiarité, impensable chez les elfes, l'aida à se détendre. Elle remercia son hôte et raconta brièvement son histoire. En prenant bien garde de ne pas mentionner l'existence du prince Arwin. Borum écouta attentivement. Comme lui, elle n'était plus que la survivante d'un monde à l'agonie.

Un repas frugal fut servi et Borum à son tour expliqua l'extrême fragilité de sa position sur cette terre. Ses remparts étaient tombés et ses vivres s'épuisaient à vue d'œil. Il devait de toute urgence abandonner cette forteresse à demi détruite et se retrancher dans des territoires moins exposés. En un mot, il choisissait la fuite !

Mais vers où ? Midgard la terre des hommes n'existait plus, sûrement détruite lors du Ragnarök. Ils étaient désormais tous des apatrides, destinés à errer comme des âmes en peine à la recherche d'une terre qui les accepterait, où ils pourraient reconstruire leur vie.

Erindell accepta l'hospitalité du roi et se réjouit à l'idée de le suivre en Alfheim, la terre des elfes clairs. Elle regroupa autour d'elle, ses compatriotes survivants et leur donna un peu d'espoir. Chacun lui raconta son histoire et les périples qui les avaient conduits à se retrouver auprès du roi Borum. Tous étaient désormais des réfugiés, mais la présence de leur princesse les rassura et, petit à petit, ils reprirent confiance.

C'est une troupe, elfes claires, déterminée qui se regroupa autour d'Erindell. Elle pourrait compter sur eux, ils ne la laisseraient pas seule affronter les ténèbres qui s'amoncelaient.

Les préparatifs avançaient rapidement, lorsque plusieurs éclaireurs accoururent. Des troupes approchaient des remparts Nord. Borum connaissait son devoir et sans état d'âme, il enfila son casque et hurla ses ordres. Prenant Erindell par le bras, il lui dit :

– Fuyez princesse, nous allons faire notre possible pour les retarder.

– Mais Majestés ! Les elfes clairs veulent être à vos côtés pour combattre !

Le roi plongea son regard dans celui de la princesse. Une larme coula le long de ses joues burinées et se perdit dans l'épaisse barbe du souverain.

– Promettez-moi de conduire les miens en sécurité. Le royaume d'Alfheim est lui aussi la proie des combats. Je vous fais confiance, que vos choix soient guidés par la clairvoyance légendaire de votre peuple. Quant à moi, je dois tenir cette forteresse. Ils passeront, mais en payeront le prix. Et croyez-moi, princesse, le prix sera élevé ! Lui donnant son anneau royal, il ajouta : ceci vous donnera toute autorité sur mes sujets, il ajoutera à votre qualité de princesse elfe, le titre de princesse humaine.

Tout avait été dit. Sans plus attendre, Erindell quitta la pièce et ordonna le départ immédiat de la colonne de réfugiés. L'approche de cette armée ennemie avait semé une panique épouvantable. Erindell concentra ses pouvoirs et d'une voix autoritaire ordonna :

– Par ordre du roi Borum ! Préparez-vous à quitter la citadelle. Reformez les rangs et avancez en ordre serré. Et… ne regardez pas en arrière. C'est pour notre survie à tous qu'ils se battront !

Un général s'avança et confirma les ordres. Il ne disposait pas de pouvoir magique, mais chacun comprit bien ses paroles :

– Avancez bande de chiens, comme si la mort était à vos trousses, car c'est bien le cas. Les enfants dans les chariots, les femmes dirigeront les chevaux et les bœufs. Les hommes se déploieront sur les côtés afin de protéger le convoi. Le rythme sera donné par le chariot de tête. Je ne veux personne à la traîne ou je viendrai moi-même vous fouetter pour vous motiver !

Erindell s'approcha du général et lui demanda :

– Que faisons-nous des blessés, des malades et des anciens ?

– Princesse, je n'ai que vingt chariots et ils sont déjà remplis au-delà du raisonnable. Souhaitez-vous que je fasse descendre des enfants ?

Erindell fit un pas en arrière. Pour rien au monde elle n'aurait laissé un seul enfant dans cet enfer. Le général, le regard flou ajouta :

– Nous sommes donc d'accord, princesse. Les chariots ne peuvent être chargés davantage. Se retournant vers la foule, il hurla : en avant !

Une longue file d'hommes et de chariots se mit en marche. Une nouvelle fois, pour la plupart, ils étaient jetés sur la route, vers un avenir incertain. Ils fuyaient les combats et la mort qui ne manquerait pas de les rattraper.

Alors que les lourdes portes se refermaient, la clameur des combats se fit entendre de l'autre côté de la citadelle en ruine.

D'où venait cette armée ? Pourquoi n'avait-elle pas été anéantie par le Ragnarök ?

Autant de questions sans réponse. Désormais, une

seule chose comptait : la fuite et survivre !

Avancer ainsi à marche forcée, n'était pas sans risque, mais avaient-ils d'autres choix ?

De toute façon, l'épuisement et le découragement les guettaient tous et tôt ou tard, ils y seraient confrontés. Seuls les plus endurants survivraient !

Cela faisait désormais plusieurs heures qu'ils étaient partis et la fatigue commençait à se faire sentir. En s'éloignant des combats, un lourd silence les avait enveloppés. Chacun marchait dans le pas de l'autre, espérant ne pas être le premier à tomber.

Erindell ressentait au plus profond de son âme la détresse de beaucoup d'entre eux. L'après-midi se finissait lorsque telle une gifle, comme dans un cauchemar, elle vit un homme s'écrouler. Le second coup fut le hurlement de terreur de sa femme, qui se précipita à son secours. Elle perdit connaissance, quand les pleurs des enfants se joignirent à ceux de leur mère en constatant que l'homme était mort.

Cet homme ne fut que le premier d'une longue liste. Si longue, qu'on en perdit rapidement le compte.

Erindell finit par reprendre connaissance, les elfes clairs l'avaient portée dans leur chariot. Au milieu des enfants apeurés, elle tentait de faire bonne figure, mais le cœur n'y était pas. Elle était terrorisée.

Finalement la nuit tomba et la progression se fit de plus en plus lente. À nouveau, Erindell ressentit la détresse monter parmi les réfugiés. Il leur fallait du repos ou la moitié d'entre eux seraient morts au matin.

Elle sauta de son chariot et rattrapa le général humain qui devançait la colonne.

– Général, il faut stopper pour la nuit ! Nous repartirons demain.

– Libre à vous de vous arrêter, princesse, je n'ai pas d'ordre à vous donner !

– Non, vous ne m'avez pas comprise. Je vous donne l'ordre d'arrêter le convoi. J'ordonne un minimum de quatre heures de repos avant de repartir. Et il en sera ainsi tous les soirs quelle que soit la durée de notre voyage. Ai-je été assez claire, général ?

L'homme posa sa main sur son épée et dit :

– Et de quel droit, vous permettez-vous de donner des ordres à un soldat qui n'est pas de votre race ?

– Depuis que le roi Borum m'en a donné le pouvoir ! lui dit-elle en pointant sous son nez, l'anneau royal de Borum.

Le général se figea, il resta ainsi un long moment à réfléchir puis hurla quelques ordres et la troupe s'arrêta. Erindell n'était pas sûre d'avoir fait le bon choix, mais poursuivre dans ces conditions n'avait pas de sens. Sans repos, ils succomberaient tous. En perdant leurs forces vives, ils ne seraient plus en mesure d'opposer une quelconque résistance à leurs poursuivants.

De toute façon, le roi Borum lui avait fait confiance. Elle ne devait pas décevoir le héros, mort pour donner une chance de survie à son peuple.

Comme convenu, quatre heures plus tard et en silence, la troupe reprit sa marche. Une section de cavaliers fut chargée d'enterrer les malheureux qui tombaient le long du chemin. En aucun cas, il ne fallait laisser de trace aussi visible de leur passage. De plus, personne n'aurait accepté de laisser ainsi les corps de leurs camarades et de leurs proches aux charognards.

Au fil des heures, des ombres se massèrent le long du convoi. Puis sans avertissement, la caravane fut attaquée. D'abord par des meutes de loups, facilement éparpillées par les guerriers chargés de la protection sur les côtés. Mais ces petits groupes se changèrent en hordes et finalement le convoi dû s'arrêter pour organiser une défense plus appropriée.

Des archers furent placés sur chaque chariot, les soldats à pied étant chargés de protéger les chevaux et les bœufs. Une fois l'alarme lancée, une troupe de cavaliers chargeait les loups pour les disperser.

Ces escarmouches durèrent toute la journée jusqu'à ce qu'elles s'arrêtent soudainement. Chacun resta sur ses gardes. Quel que soit ce qui approchait, les loups en avaient peur !

Et cela ne présageait rien de bien bon. Ce fut une sentinelle qui donna la réponse :

– Des wyrves ! Des centaines de wyrves !

La panique gagna le convoi. Les wyrves étaient de petits dragons très voraces. Vivant en meutes, leurs attaques étaient souvent très dévastatrices. Rapides et féroces, ils étaient craints de tous.

Le général n'en croyait pas ses yeux, mais d'où pouvaient-ils bien venir ? Il souffla alors dans sa corne de brume et désignant la forêt toute proche, il hurla à plein poumon :

– Tous à couvert dans la forêt !

Péniblement, le convoi accéléra. Les cavaliers partis devant durent faire marche arrière tant la caravane avait du mal à avancer. Le général comprit que les chariots n'atteindraient pas les sous-bois assez vite. Il tira son arc et son carquois de sa selle et de nouveau lança ses ordres.

– Soldats, pied-à-terre et armez vos arcs ! Il faut couvrir la fuite des nôtres. Visez bien, ne gaspillez pas vos flèches !

Une première salve de flèches partit en direction des wyrves qui se regroupaient et s'apprêtaient à attaquer. Cela les désorganisa assez pour que la plus grande partie du convoi puisse se mettre à l'abri. Pourtant, les créatures étaient affamées et ne comptaient pas si facilement abandonner leur premier repas depuis plusieurs jours.

Un chariot, plus lourd que les autres, avait pris du retard. Les bêtes plongèrent ensemble avec voracité sur cette aubaine.

Erindell, déjà arrivée sous la protection des arbres, réalisa avec effroi que ce chariot serait détruit !

À côté d'elle, le général dit tristement : un seul chariot de perdu, ce n'est pas cher payé !

Mais alors que tous étaient résignés sur le sort des occupants, une jeune enfant sauta du chariot, puis une deuxième. Erindell hurla de terreur et se précipita vers les fillettes.

Les elfes comprirent instantanément ce qui allait se passer et le risque que prenait leur princesse. À leur tour, ils avancèrent vers le chariot. Décochant flèche sur flèche, ils laissèrent le temps à Erindell de se concentrer et d'apposer une sphère de protection tout autour des malheureux enfants.

Les wyrves s'écrasèrent à tour de rôle sur ce champ de force. Ils attaquèrent, griffèrent, et mordirent tant qu'ils purent la protection magique, mais celle-ci resta impénétrable. Devant cette résistance incompréhensible, les animaux affamés s'envolèrent et cherchèrent une autre source de nourriture plus accessible.

Suivant celui qui semblait être leur chef, les reptiles ailés s'élancèrent sur les elfes toujours à découvert. Ces archers semblaient être parfaitement appétissants. En quelques battements d'ailes, ils furent sur eux.

À son tour, le général sonna la charge et la retraite des elfes fut couverte par la cavalerie. Le chariot fut accueilli par des cris de joie et des applaudissements. Chacun s'inclina devant la princesse elfe, elle venait par cet acte de bravoure de leur prouver sa détermination à tous les sauver. À son tour, le général s'inclina. Le roi Borum avait vu juste, cette Erindell n'était pas ordinaire. D'ailleurs, dans les ruines de ce monde dévasté, plus rien ne semblait être 'ordinaire'.

Les wyrves planèrent encore quelques minutes au-dessus de la forêt, mais la densité des arbres ne leur permit pas d'attaquer à nouveau le convoi. Finalement, la faim les tenaillant, ils se dispersèrent à la recherche d'une nouvelle source de nourriture.

La traversée de la forêt s'éternisa plus que de raison. À la difficulté d'avancer, s'ajouta une insidieuse fatigue liée à la moiteur des lieux. Ce changement continuel de direction afin de faire passer les chariots sur ces chemins envahis d'arbres abattus et de végétations luxuriantes finit par démoraliser les plus courageux.

Personne ne souhaitait s'arrêter dans cet endroit, mais sous le couvert des arbres et des nuages, il était de plus en plus difficile de se repérer. Que faire ? Continuer ainsi au risque de tourner en rond et de s'épuiser au-delà du raisonnable ?

Maudite forêt, elle n'allait pas les laisser passer aussi facilement. Quels tourments leur réservait-elle encore ?

Finalement au crépuscule, l'ordre d'arrêt fut donné. Aucun camp ne fut monté, le bivouac s'organisa dans une seule et même optique : pouvoir fuir le plus rapidement possible en cas de danger.

Autour des rares braséros, les soldats épuisés

montaient la garde, appuyés sur leurs lances. La nuit noire s'accompagnait d'un silence lugubre, personne n'osait parler.

Soudain les gardes s'agitèrent. Au loin, des formes spectrales se rapprochaient. D'abord isolées, elles se regroupaient par dizaine et semblaient menaçantes.

Erindell et les mages présents furent réveillés. Elle n'en croyait pas ses yeux. Comment les âmes défuntes pouvaient-elles se trouver si loin du Niflheim, le royaume des morts, cela n'avait pas de sens !

Il existait bien un passage entre le Vanaheim et le Niflheim, mais très loin au Sud. Comment ces spectres pouvaient-ils se trouver ici ?

Un nécromancien humain approcha. Il s'inclina devant la princesse et lui expliqua la situation :

– Le royaume du Niflheim déborde, Majesté. Le Ragnarök en est la cause principale. La multitude des morts ne peut plus cohabiter en ce royaume. Désormais, les ombres partent à la conquête des terres environnantes. Le Vanaheim et le Jotunheim seront les premiers à être envahis, puis conquis. Rien n'est désormais en mesure d'arrêter la multitude des âmes qui s'apprête à se déverser sur les rescapés. Je crains que l'ère qui s'ouvre devant nous ne soit la leur. Le Ragnarök a définitivement changé le rapport de force entre les morts et les vivants. Nous sommes désormais moins nombreux qu'eux et pourtant nous occupons sept royaumes sur les huit restants. Ce déséquilibre ne pourra perdurer !

Le nécromancien avait raison, c'était une des conséquences du Ragnarök. Les morts exigeaient la place qui leur revenait de droit. Il fallait fuir, mais dans quelle direction ? Tenter le passage vers l'Alfheim restait la seule et unique chance de survie.

Chaque camp scruta avec attention l'autre. Au petit matin, la horde de spectres s'était encore renforcée. Erindell s'entoura des plus puissants mages et nécromanciens du convoi et partit à leur rencontre.

Les spectres se regroupèrent, devant le groupe de vivants et d'une seule voix dirent :

– Cette terre est nôtre désormais, fuyez avant qu'il ne soit trop tard !

– Nous souhaitons passer en Alfheim.

– La terre des elfes clairs nous appartiendra sous peu, vous n'avez pas d'avenir en ce monde. Mourir est plus que jamais votre destin !

– Reculez ! Que nous puissions passer sans encombre. Nous ne souhaitons pas vous combattre.

Les âmes perdues ne connaissaient pas la peur, qu'avaient-elles vraiment à perdre ? Pourtant ce petit groupe était puissant et pouvait déchirer et réduire en cendre leurs corps spectraux. Lentement, ils se retirèrent, pour finalement disparaître. Un dernier message, lourd de menaces, plana un instant sur la scène :

– Fuyez mortel, sous peu rien ne pourra nous retenir et alors vous devrez vous incliner devant nos lois !

Erindell en frémit, quel avenir leur resterait-il, si les morts devenaient les maîtres du monde ?

Le convoi s'ébranla, rapidement il franchit l'orée de la forêt pour pénétrer dans un immense marécage. L'accès à l'Alfheim se situait au centre de cette étendue d'eau stagnante et répugnante. Un nouveau défi pour cette troupe déjà bien affaiblie.

Les chariots furent abandonnés au fur et à mesure qu'ils s'embourbaient dans la vase. Finalement, ce fut une longue file d'hommes, de femmes et d'enfants qui se dirigea péniblement vers le centre du marais.

La progression dura plusieurs heures, quand soudain la troupe s'immobilisa. Au loin, l'accès au royaume d'Alfheim était enfin en vue, mais il était aussi gardé. Et ce n'était pas par des troupes amicales, mais des trolls !

L'accès au royaume des elfes clairs se présentait comme un immense portail. Deux grandes colonnes en délimitaient le contour et son centre restait brumeux. Pour pénétrer dans ce lieu, il fallait faire un pas vers l'inconnu !

Voyant les soldats humains approcher, un petit groupe de mages noirs se regroupa derrière les trolls qui se massaient pour barrer tout passage.

Les hommes en armure se rassemblèrent au-devant du convoi. Les sacs et autres biens avaient été posés, chacun tenant désormais ses armes bien serrées. Sans état d'âme, ils étaient prêts à forcer ce blocus. Ils n'avaient pas d'autre choix et aucune solution de replis.

Il fallait faire vite. Cette troupe de trolls semblait peu nombreuse, il fallait en profiter !

Les guerriers étaient prêts. Le visage fermé, ils s'élancèrent. Ils n'espéraient aucune pitié et n'en accorderaient aucune. Le convoi devait passer, coûte que coûte.

Les cavaliers formèrent une ligne et sans hésitation chargèrent.

En face, les trolls se regroupèrent, bien décidés à tenir leurs positions. Hurlant leur rage et leur contentement face au combat qui s'annonçait, ils étaient prêts à se battre. Ces créatures n'avaient pas de conscience, ils vivaient dans l'instant présent et ne recherchaient que cette frénésie des batailles, la seule apte à les enivrer et les griser. Ils se nourrissaient de cette adrénaline qui n'apparaissait que dans ce type de situation.

Chaque affrontement n'était qu'une occasion de laisser place à leur vraie nature de combattant, de destructeur !

Les cavaliers se ruèrent à l'assaut, enfonçant nettement les rangs trolls. Les guerriers s'engouffrèrent dans la faille et la bataille débuta. Erindell concentra ses pouvoirs afin de fournir un bouclier magique à la plupart des guerriers engagés dans le combat, mais elle ne put les préserver tous. Les mages quant à eux brisaient un à un les flots de trolls qui accouraient au combat. Les nécromanciens relevaient les infortunés soldats déjà tombés.

Les archers elfes clairs s'attaquèrent aux quelques ténébreux mages noirs qu'ils massacrèrent.

Rapidement, les trolls furent surpassés. Comme ils ne savaient pas reculer, ils furent exterminés sur place. La moitié des soldats gisaient au sol, le prix à payer avait été bien élevé.

Dans d'autres circonstances, Erindell aurait pleuré ces pertes, mais les temps avaient changé. Désormais, il fallait être fort, insensible et réaliste.

Elle savait pourtant qu'elle ne pourrait être tout cela, tout au plus pouvait-elle faire semblant.

Au loin, surgie de nulle part, se rassemblait déjà une nouvelle armée. À l'aide de puissants sortilèges, les sorciers noirs avaient réussi à asservir les âmes en peine qui erraient. Prête au combat, ces troupes fraîches chargèrent sans hésitation.

Il fallait se rendre à l'évidence, tous n'auraient pas le temps de franchir la frontière entre les deux royaumes. À nouveau, il allait falloir combattre.

Une première pluie de boules de feu atteignit les

réfugiés, puis ce fut un véritable déluge. Erindell entra en transe et une large protection se plaça au-dessus des survivants. Une nouvelle averse percuta son bouclier magique. Erindell tressaillit sous le coup, désormais elle saignait abondamment du nez et des oreilles. Elle allait mourir. Contenir une telle offensive nécessitait de puiser dans ses forces vitales. Les elfes clairs présents se regroupèrent et posèrent leurs mains sur leur princesse, déversant ainsi leur énergie vitale vers Erindell. Un à un ils s'écroulèrent… morts, mais le bouclier résista.

Une fois les elfes clairs décimés, ce furent les mages humains qui se sacrifièrent en prenant le relais. Leur héroïsme leur coûta la vie !

Alors que les derniers soldats passaient entourés des rescapés les plus lents dans le royaume d'Alfheim, le général secoua violemment Erindell et l'attira vers lui. Voyant qu'elle ne réagissait plus, il la gifla en hurlant : réveillez-vous !

Erindell reprit peu à peu ses esprits. Autour d'elle, une vingtaine de corps gisaient sans vie. C'était grâce à leur sacrifice qu'elle avait pu protéger la colonne de réfugiés. Elle aurait aimé pleurer, mais ne le pouvait plus depuis bien longtemps, elle n'en avait plus la force. Pourtant, les morts approchaient, il fallait fuir.

Sans ménagement le général l'attira vers le portail, lorsqu'une troupe d'elfes clairs se matérialisa devant eux, à sa tête se trouvait le prince Zelbiem.

Erindell se jeta dans les bras de son cousin et les mages elfes clairs se précipitèrent pour la soigner. Zelbiem concentra ses pouvoirs et enflamma la première ligne de spectre qui approchait. D'un ton autoritaire, il ajouta :

– Part sans crainte, général, je me charge de notre

princesse. Rejoins les tiens en Alfheim.

Un large sourire se dessina sur le visage du général. Après ces semaines de doute, de peur, la victoire semblait à sa portée. Il avait réussi !

Mais une flèche venant de nulle part se planta dans son dos, puis une deuxième et une troisième. Mortellement touché, il s'effondra sur le sol.

Comme dans un rêve au ralenti, il vit s'engouffrer dans le portail ses derniers hommes portant les blessés. Puis les morts envahirent le champ de bataille, cherchant parmi les corps au sol, des vivants récalcitrants.

Les elfes combattaient les âmes en peine avec efficacité, mais ne purent entrer dans le portail pour se mettre en sécurité, de toute part, l'ennemi accourait.

Un à un, les elfes tombèrent, puis sous ses yeux de mourant ébahi, le prince se retourna contre ses mages. Tout en reculant, il les blessa et laissa les âmes en peine finir le travail. Erindell semblait perdu et tentait de fuir l'étreinte de ce cousin devenu fou.

Concentrant toutes ses forces, le général se releva et jeta l'un de ses poignards en direction du prince elfe. D'un revers de main nonchalant, celui-ci stoppa l'arme et la relança dans la direction inverse, tuant sur le coup le général. Puis il raffermit son emprise sur la princesse, qui ne comprenait pas ce qu'il se passait.

Alors Erindell plongea son regard dans celui de son cousin et y lut la vérité. Aussi incroyable que cela puisse paraître, Zelbiem était ici pour la tuer !

Le prince tendit sa main et une puissante boule d'énergie y prit naissance. Erindell éleva autour d'elle sa dernière protection, son bouclier royal et sombra dans l'inconscience.

Zelbiem dissipa sa boule d'énergie. Sous cette

protection, Erindell était intouchable, préservé de toute magie.

Il prit sa cousine dans ses bras et quitta les lieux, les morts finirent de nettoyer la scène du combat méthodiquement, personne ne fut épargné.

Chapitre 5

« En outre, les larves qui rongeaient le cadavre d'Ymir servirent à Odin et ses frères pour créer les Nains. Ces derniers, vivant sous terre, étaient très adroits dans les travaux manuels. Quatre d'entre eux, des nains gigantesques, Nordi, Sudri, Austri et Westri, servirent à soutenir la voûte céleste, et donnèrent leurs noms aux quatre points cardinaux. »

(Völuspá, act5)

*

*   *

Depuis maintenant près de trois années, les majestueuses cités souterraines des elfes sombres du Svartalfheim, résonnaient du martèlement continuel de leurs forges. Désormais, le vacarme assourdissant des marteaux et autres enclumes ne s'interrompait plus. Le silence angoissant des forteresses noires plusieurs fois millénaires avait laissé place à un bruit effrayant, que rien ne semblait pouvoir faire taire, si ce n'est la fin des temps.

Les aciéries et fonderies, ravitaillées en continu de toutes sortes de matériaux, ne désemplissaient plus. Des métaux en grandes quantités arrivaient de tout le royaume. Les forêts aux alentours avaient depuis longtemps été décimées. Désormais, c'est de beaucoup plus loin que des légions de bûcherons devaient se rendre pour livrer les énormes quantités de bois nécessaires pour maintenir jour et nuit les forges en fonctionnement. Des cohortes d'esclaves portaient l'eau et les divers ustensiles aux ouvriers, qui, avec dextérité et sans faiblir façonnaient et assemblaient armes et armures.

Chaque artisan faisait partie d'une chaîne complexe et connaissait parfaitement son rôle. Mouler une arme ou une armure, aiguiser des lames ou des flèches et cela dans un temps précis afin d'être le plus efficace possible. Grâce à cette organisation parfaite, les quantités d'armement fabriquées étaient impressionnantes.

Mais elles devaient l'être, car l'armée pour laquelle on les destinait s'avérait gigantesque. Des mages et sorciers prenaient alors la relève pour y incorporer les sortilèges les plus puissants et dévastateurs. La réputation de ces armes particulières s'était déjà répondue dans tous l'Alfheim et les elfes clairs tremblaient rien qu'à leurs évocations.

Pourtant, dans un recoin sombre d'un atelier de l'étage des affûteurs, un peu à l'écart, une roue à aiguiser tournait sans relâche. La densité des gerbes d'étincelles qui illuminaient ce lieu, imposait à chacun la plus grande prudence.

Personne n'aurait eu l'audace de disputer cette place à la princesse Nagaaril. Cela avait bien un peu désorganisé les équipes, mais chacun s'en était arrangé de bonne grâce. La survie dans une cité noire dépendait grandement de ses facultés à s'adapter à une situation insolite. Une princesse de sang, une matriarche, qui aiguisait elle-même ses lames en faisait partie, cela ne faisait pas l'ombre d'un doute.

Son fils, le prince Arwin, l'illustre général, avait disparu et face à l'inertie du conseil des matriarches elle avait pris la décision d'intervenir personnellement.

Arwin était un magicien accompli, un guerrier redouté et un stratège reconnu. En devenant général, il s'était vu opposer une petite coalition de nobles écartés du pouvoir. Ils s'étaient liés contre lui, mais ce n'était pas bien grave et parfaitement habituel dans les cercles de pouvoirs des elfes sombres. Discrètement, elle les avait fait tuer, personne ne devait entraver l'ascension de son fils aîné vers le pouvoir suprême.

Aujourd'hui, la situation était plus inquiétante, car, malgré ses recherches, elle n'avait pu entrer en contact avec lui. Encore plus étrange, elle n'arrivait même pas à le localiser. Seule la haute magie des elfes clairs était capable d'un tel exploit !

Elle ne comprenait pas que tant de choses lui échappent. Elle n'avait jamais été préparée à l'échec et ne pouvait l'accepter, surtout lorsque la vie de son fils était en jeu.

Nagaaril était une grande magicienne, son rang et son hérédité lui donnaient de nombreux pouvoirs. L'un étant une maîtrise parfaite des lames de combat et l'autre d'avoir le don de prémonition. Et l'un de ses rêves lui avait appris plusieurs années plus tôt que son fils serait un jour capturé par des elfes clairs. Elle fut dès lors très attentive et sur ses gardes, mais de toute évidence, cela n'avait pas suffi !

Arwin n'avait que faire des rêves d'une mère par bien, des cotés, trop anxieuse. Et malgré le respect qu'il lui devait, il avait depuis longtemps décidé de se charger lui-même de sa propre sécurité. Comme tout magicien, il était sûr de ses forces et ne se connaissait aucune faiblesse. Elle réussit pourtant à lui arracher une promesse, être prudent et n'avoir confiance qu'en sa propre famille. De belles paroles, mais vide de sens au vu de la situation actuelle.

Elle se remémora l'instant où elle comprit que son fils était en danger.

Elle peignait ses longs cheveux blancs devant son miroir, lorsque son reflet se troubla. Elle laissa s'échapper un faible cri, lorsque l'image de son fils gisant à même le sol se matérialisa. Comme dans ses rêves, il était entouré d'elfes clairs et de toute évidence leur prisonnier.

Elle hurla sa douleur 'NON', l'onde d'énergie créée fit voler en éclat l'ensemble des meubles de sa chambre et fissura même les murs puis elle s'effondra au sol.

À son réveil, les mages avaient réparé les murs et remplacé les meubles détruits. Elle reposait sur un nouveau lit et autour d'elle se tenait une réunion où les avis divergeaient de façon flagrante. Lorsqu'elle se redressa, elle reconnut tout de suite sa sœur, la reine Nagaorendil ainsi que trois mages du conseil. Il y avait aussi deux princes ambassadeurs des cités voisines et quelques conseillers.

Nagaaril comprit aussitôt que la situation était tendue, elle prit la parole :

– Combien de temps suis-je restée inconsciente ? Avez-vous localisé Arwin ?

La reine lui fit signe de garder le silence, mais répondit :

– La capture du prince Arwin reste inexpliquée. Il

nous est toujours impossible, pour le moment, de le localiser.

– Mais, majesté ! J'ai eu une vision. Mon fils est détenu prisonnier par des elfes clairs ! Il faut regrouper nos armées et pénétrer en Alfheim. Nous devons le retrouver, quitte à les tuer tous !

– Je sais cela ! Nos espions auront la mission de rechercher la moindre information nous permettant de secourir le prince. Mais nos forces ont déjà été repoussées d'Alfheim et ton fils est sûrement très loin en territoire ennemi.

Un lourd silence figea la scène, la tension monta d'un cran, Nagaaril reprit la parole :

– Sa majesté souhaiterait peut-être m'informer de consignes particulières ?

– Princesse Nagaaril, la libération du prince Arwin n'est pas considérée comme une priorité par nos alliés. Le déroulement de nos plans ne peut souffrir aucun délai, il en va de notre survie à tous.

La reine posa la main sur l'épaule de sa sœur et mentalement ajouta : « Garde le silence désormais ! Rien de ce que tu pourras dire n'aura de poids. Rien ne sera fait pour porter secours à ton fils. Reprends tes armes ma sœur, car Arwin ne pourra compter que sur toi ».

Elles se dévisagèrent un long moment, puis la reine se retourna et quitta la pièce. Un à un, ses suivants lui emboitèrent le pas. Nagaaril resta seule et sa douleur se transforma en colère.

Lentement, elle se releva et s'accroupit. Après une série de gestes compliqués, une trappe se dessina sur le sol de sa chambre. Elle l'ouvrit et en extirpa un coffre antique qu'elle déposa sur son lit. Une nouvelle fois, elle désactiva les protections magiques qui le maintenaient scellé et vérifia son contenu. Au milieu de diverses affaires, allant d'une simple cape à une armure finement ciselée d'or et d'argent, elle cherchait ses armes. Finalement, elle retrouva ses deux superbes couteaux courbés dont le scintillement verdâtre rappelait la nature magique. Elle s'autorisa alors, un léger sourire de satisfaction, nombreux allaient payer pour l'affront dont sa famille venait d'être victime.

Car Nagaaril fut dans le passé une maîtresse dans le maniement des poignards et autres lames de combat. Sa courte profession d'assassin avait fait d'elle une légende parmi ses sœurs d'armes. La naissance de son fils avait mis fin à une carrière des plus prometteuses, et au dire de celle qui lui succéda à la tête de la guilde, des plus lucratives. Mais elle n'avait rien perdu de sa fascination pour le noble art des assassins.

La matriarche pensait bien en avoir fini avec cette vie de guerrière et ne plus jamais reprendre ses armures et ses armes. À sa grande surprise, sa tenue lui allait toujours à merveille, ses grossesses et les années à la cour n'avaient en rien modifié sa silhouette. Ses armes retrouvèrent leurs places instinctivement dans ses mains, elle s'en trouva réconfortée. Elle redevenait Nagaaril l'implacable, comme si elle n'avait rangé cet équipement dans ce coffre que la veille au soir.

Rien ne semblait avoir changé depuis toutes ces années, si ce n'est sa haine pour les elfes clairs, qui n'avait fait que décupler. Du sang devait couler pour éponger cette fureur. L'affront serait lavé et son fils lui serait rendu. Puisque personne ne semblait être en mesure d'y parvenir, elle le ferait elle-même !

Mais, nombreux seraient ceux qui devraient répondre de cet acte odieux et elle n'épargnerait personne, humains, nains ou elfes, pas même ceux de sa propre race : les Svartalfars !

Dans la forge souterraine, aucune parole n'était échangée. Nagaaril se concentra à nouveau sur son travail. Elle affûtait ses lames depuis plusieurs heures et cette tâche n'était pas aisée. Les rendre tranchantes sans abîmer les puissants enchantements qu'elles renfermaient était un art délicat et compliqué, que seuls les initiés pouvaient réaliser.

Aux finales, ces armes seraient terriblement efficaces et quasiment fatales à tous adversaires.

Nombre d'elfes clairs allaient le comprendre à leurs dépens. Lorsqu'elle fut satisfaite de son travail, elle aiguisa divers autres couteaux et pointes en tous genres cachés dans le reste de son équipement, puis s'autorisa à lever la tête.

Lorsque la roue d'affûtage s'immobilisa, les regards se croisèrent et chaque artisan présent dans la salle comprit que les instants qui suivraient seraient dangereux. L'étroit chemin qui menait de la roue à la sortie de la forge devait être évité à tout prix, et cela tant que la menace ne l'avait pas emprunté. Car peu avaient reconnu la princesse Nagaaril, mais tous voyaient à sa tenue et à ses armes qu'il s'agissait d'une noble, doublée d'une assassin, et dès lors leurs vies ne valaient pas grand-chose.

Nagaaril habitait parfaitement son nouveau statut, la peur qu'elle distillait autour d'elle était sa première arme. Elle s'enveloppa dans sa cape et quitta la forge, au grand soulagement de ses occupants.

Elle haïssait désormais cette cité qui ne venait pas en aide à son fils, quelle ingratitude ! Elle devait partir au plus vite ou nombre de ses habitants succomberaient. Mais ils ne perdaient rien pour attendre, elle en faisait le serment.

De retour dans son palais, elle donna rapidement

ses ordres. Il lui fallait, de l'eau, des vivres, quelques affaires et une tente de voyage. La reine avait fait déposer un paquet à son intention, avec dédain elle l'ouvrit et découvrit plusieurs artefacts magiques. Elle les rangea dans son sac, mais cela était bien loin d'être suffisant pour calmer sa rancœur.

Ils paieraient tous, nul ne serait épargné !

Elle quitta son palais sans un mot, pris sa jument et s'élança vers la porte principale. Il était urgent de quitter cette cité ingrate. Son fils avait combattu avec force et courage pour eux et personne ne lui viendrait en aide ! Les lourdes portes résonnèrent sur son passage, les gardes ressentirent au plus profond d'eux même la haine de cette femme et en vacillèrent.

La reine Nagaorendil suivit la forme sombre de sa sœur quitter la capitale, elle ressentit la force magique qui se dégageait sur son passage lorsqu'elle franchit les portes, elle en fut elle-même déstabilisée. Mais elle était pieds et poings liés, ce conflit les dépassait tous et des forces inimaginables s'arc-boutaient pour prendre l'avantage.

Le prince Arwin, elle, sa forteresse n'étaient rien face à cela. Le monde allait rapidement atteindre le point de rupture et alors plus rien ne serait prévisible. La reine chercha une nouvelle fois à établir un contact avec son fils, mais comme chaque fois, cet appel resta sans réponse. Qui pouvait bien détenir un prince Svartalfar, guerrier doublé de magicien de renom et le tenir caché aux yeux de tous avec autant de réussite.

Tout cela n'augurait rien de bon. Mais tant de sujets semblaient lui échapper désormais, il fallait qu'elle tienne sa place et son rôle. Car elle n'était plus qu'un mince rouage d'une machinerie qui les broierait tous.

Nagaaril prit la direction de l'Alfheim. Pénétrer

cette terre maudite ne serait pas simple, elle comptait beaucoup sur ses talents de camouflage pour tromper la vigilance des gardes-frontière. Bien évidemment, en tuer quelques-uns ne seraient pas pour lui déplaire dans la mesure où cela ne déclencherait aucune alarme. Elle n'avait jamais été contre joindre l'utile à l'agréable !

Malgré son empressement, elle ne put que constater les changements survenus dans son royaume. Le Svartalfheim n'avait jamais brillé pour son climat ou ses paysages, mais là, tout semblait dévasté et aride. Son monde se mourait !

Plus loin, elle croisa la route de nouvelles troupes, certaines venant des terres gelées du Jotunheim, d'autres du royaume des morts le Niflheim.

Toutes convergeaient vers Asgard, le royaume des Ases. Ces pitoyables dieux qui, par faiblesse, avaient pactisé avec leurs homologues ; les dieux Vanes. Désormais, ils régnaient avec eux sur les neuf mondes, mais cela n'avait que trop durée. Leur royaume, allait subir une invasion digne de leur traîtrise et avec un peu de chance, allait s'effondrer de lui-même.

Nagaaril poursuivit son chemin, un peu déçue de ne pouvoir joindre ses lames au carnage qui s'annonçait. Il existait trois passages pour se rendre dans les mondes supérieurs, où se situait l'Alfheim.

L'un était tenu par les nains en Nidavellir et restait inaccessible. L'autre était la destination de l'armada d'elfes sombres, de géants et de trolls qu'elle venait de croiser, la bataille allait se jouer autour de ce point d'accès. Il ne lui restait plus qu'à espérer que le troisième point de passage lui soit accessible.

Ce dernier point d'accès entre les royaumes, était de loin le plus éloigné, et c'est avec détermination qu'elle redoubla d'effort pour y arriver le plus vite possible.

Après plusieurs semaines de voyage dans des plaines aussi arides que désertiques, elle comprit qu'elle se rapprochait de la frontière au tumulte des combats qui y régnaient.

Ses craintes se confirmèrent lorsqu'elle atteignit sa destination. La frontière était le théâtre d'un combat titanesque, tout espoir de la traverser devait être définitivement écarté. À perte de vue autour du point de passage s'étalait une bataille où s'entremêlaient pêle-mêle des elfes, des géants des trolls des nains et des hommes. De toutes parts, des cohortes de renforts venaient s'ajouter aux forces déjà en place. Cette bataille semblait pouvoir durer une éternité !

Elle arrêta sa monture. Le constat était sans appel, elle n'avait aucun moyen de franchir la frontière pour aller au secours de son fils. Elle devait de toute urgence trouver une autre route. Si les accès aux mondes supérieurs, ceux d'Asgard, Vanaheim ou Alfheim à partir de Midgard étaient impossibles, elle devait changer sa stratégie. Elle réfléchit et finit par se résoudre à tenter sa chance à partir des mondes inférieurs. Seuls deux mondes cohabitaient à ce niveau, le Muspellheim, le royaume du feu et le Niflheim, royaume des morts.

Le monde des fournaises ne pouvait être parcouru sans protection divine, elle choisit le monde des spectres. Elle savait que deux passages étaient possibles depuis cette terre désolée.

Elle fouilla alors dans son sac et en retira une petite boîte en argent finement ciselée. Remerciant intérieurement sa sœur pour ce transporteur miniature. Les trois royaumes supérieurs lui étaient fermés, mais tous les autres restaient accessibles. Elle régla les deux cadrans du couvercle, l'un sur la rune symbolisant la déesse Hel, allié à sa cause et l'autre sur la rune symbolisant le royaume de Niflheim. Après avoir pris une profonde inspiration, elle activa l'artefact. Instantanément elle se retrouva à l'intérieur de la plus proche chapelle consacrée à la déesse Hel en Niflheim.

Ce transfert l'avait épuisé, elle resta cacher dans l'édifice religieux le reste de la nuit pour reprendre des forces. Mais elle était satisfaite, le passage en Alfheim devrait être possible en partant du royaume des morts, de toute façon elle n'avait plus d'autre choix, elle tenterait sa chance, de force s'il le fallait ! Lentement elle s'endormit, pleine d'espoir, mais c'était sans compter sur la fatalité des événements.

Une première secousse la réveilla, aussitôt sur ses gardes elle renforça son bouclier magique corporel. Elle resta ainsi plusieurs minutes à chercher une explication, la confusion qu'elle percevait dans le plan magique ne s'était jamais produite auparavant. Puis, elle comprit ; la grande bataille venait de débuter !

Elle discerna alors distinctement les cris, de guerres et de morts, de ses alliés, mais surtout de ses ennemis. Puis au loin, elle perçut le son du cor d'Heimdall. Asgard était attaquée !

La flamboyante et divine forteresse des dieux était prise d'assaut. Tous ses sens en alerte, elle scrutait la moindre information, afin de savoir quel camp prenait le dessus.

Le monde pliait sous le poids des forces en présence, Nagaaril le sentait à travers la magie. Elle en était horrifiée, mais ne pouvait que le constater.

Durant de longues minutes, elle resta suspendue, attentive à la moindre vibration afin d'essayer d'analyser ce qui parvenait jusqu'à elle. Cela dura des heures, puis telle une gifle, elle ressentit la mort du dieu suprême ; Odin était vaincu !

Un vent terrible balaya les neuf royaumes et annonça la mort du créateur. Tel un cyclone, il se répandit partout et obligea tout être à s'incliner devant cette tragédie.

Incrédule elle recula, elle avait du mal à croire ce que ses pouvoirs lui révélaient : un à un les dieux et déesses mourraient. Mais face à cette hécatombe, ses alliés mourraient à leurs tours, le géant Hrym, Hel, puis le Dieu Loki.

Le plan astral, celui géré par la magie subissait les séismes de ces morts divines et était ravagé de toute part.

Puis tel un ouragan, un vent de feu se leva, et l'air à son tour s'embrasa, le Dieu Surt, maître incontesté du Muspellheim déchaîna sa rage et sa haine sur l'univers. Sur son ordre, les flammes se repandirent sur les neuf mondes qu'elles enflammèrent. Le Ragnarök venait de s'abattre sur les mondes créés par Odin et ses frères et tous y furent confrontés.

Nagaaril comprit que la fin du monde était venue. Instinctivement, elle s'enveloppa dans son bouclier magique royal et hurla de douleur lorsque la puissance du feu embrasa sa chair.

La petite chapelle divine vola en éclat et la fournaise s'abattit sur le Nilfheim.

La princesse Nagaaril resta inconsciente durant plusieurs semaines, son bouclier la maintenant en vie et régénérait petit à petit, les parties de son corps brûlé. Quelle que fût sa puissance, il n'avait pas pu la protéger entièrement de l'incendie qui ravagea l'univers.

À son réveil, le monde n'était plus que cendres, mais sa haine n'avait pas faibli. Un vide immense l'envahit, la perte de milliers d'êtres chers la toucha au plus profond d'elle-même. Stupéfaite, elle constata, que même un monde avait disparu, Midgard, la terre des hommes n'était plus ! L'univers des neuf mondes se réduisait désormais aux 8 royaumes moribonds.

L'apocalypse les avait tous précipités dans une nouvelle ère. Les dieux avaient disparu et avec eux leurs lois. Ce nouvel univers où les plus forts pourraient s'imposer était pour eux : les Svartalfars !

Elle rassembla ses affaires, écarta tout ce qui était brûlé et sorti sur ses gardes de la chapelle en ruines. Un horizon ravagé s'ouvrait devant elle, le feu avait tout calciné. Des centaines de cadavres carbonisés s'étalaient à perte de vue. La végétation déjà peu présente sur cette terre désolée avait complètement disparu. Pourtant son but restait inchangé, car elle en était certaine, son fils ne figurait pas parmi les morts !

La première journée, elle marcha droit devant elle sans s'arrêter. Le lendemain et le jour suivant également, elle avança sans jamais croiser âme qui vive. Elle erra ainsi pendant plusieurs jours avec pour seule nourriture, les maigres vivres dont elle disposait au début de son aventure. Le pain elfique lui permettrait de survivre longtemps dans ces conditions, mais elle dut le rationner. Elle continua, plus déterminée que jamais, son périple vers le Nord, jusqu'à ce qu'elle distingue une faible lumière perdue au loin. Instinctivement, elle fut sur ses gardes et s'approcha en silence.

Aussi incroyable que cela puisse paraître, une créature se tenait devant un petit feu de bois. Elle se figea, c'était un nain et par n'importe lequel : le sage Andvari !

Où du moins, comme elle aimait le nommer : l'improbable nabot !

Sans aucun avertissement, elle saisit ses deux dagues et se jeta sur lui.

Le nain réagit avec dextérité et d'un violent coup de

bâton désarma la princesse d'un de ses poignards. Andvari rendit coup pour coup et réussit, grâce à sa petite taille et au maniement de son bâton, à échapper à toutes les tentatives de son ennemi. Le duel s'enchaîna alors magiquement, avec autant de fureur.

Intérieurement, le nain souriait, elle était tombée dans son piège. Il allait pouvoir poursuivre son plan sans souci. Il laissa une première boule de feu l'atteindre en pleine poitrine, puis recula. Nagaaril porta plusieurs coups, puis d'un rapide revers du pied lui arracha son bâton. Deux nouvelles boules d'énergies pures finirent par le plaquer à terre.

Triomphalement, la princesse ramassa son arme tombée au sol et saisit son adversaire par le col. Elle posa la lame contre le cou du malheureux et appuya, lentement l'arme effilée pénétra le cou du nain. Avec une certaine jubilation, elle lui murmura :

– Alors, sinistre nabot, comprends-tu à quel point je te suis supérieur ?

– Ne me tuez pas, Votre Majesté, j'implore votre pitié !

Elle hurla de rire, mais continua à appuyer son arme contre la gorge du nain. Andvari feignit l'affolement et ajouta :

– J'échange ma vie contre un secret !

– Silence ! Et aie la décence de mourir sans geindre, tu m'ennuies déjà !

– La vie du prince Arwin contre la mienne !

Nagaaril se figea. Sans retirer son poignard du cou de son ennemi, elle le dévisagea. À quoi jouait ce nain prétentieux ? La prenait-il pour une idiote ?

– Prends garde, sage Andvari. Tu joues à un jeu dangereux. Je te conseille de bien réfléchir à ce que tu vas dire. Car tous ceux, et je dis bien TOUS ceux, qui ont tenté de me tromper ont connu une mort si atroce qu'ils ont longtemps regretté d'avoir eu cette mauvaise idée.

– Ton fils est en danger, je peux te dire comment le sauver.

– Quelle preuve ai-je que tu me diras la vérité ?

– Ne m'insulte pas, princesse Svartalfar !

Nagaaril recula lentement son arme, puis plongea son regard noir dans celui d'Andvari :

– Explique-toi, nabot !

– Le prince Arwin va devoir affronter la géante Modgud qui garde le pont Gjallarbrú menant au royaume Niflheim.

– Et à qui comptes-tu faire croire cela ? Mon fils est détenu prisonnier en Alfheim !

– Il s'est libéré ! Ce n'est pas à toi que j'apprendrais les nombreuses qualités du prince. Il a toujours été puissant et digne de son rang. Il a réussi à tromper la vigilance de ses gardiens et il est en fuite. Et moi, je sais que si tu n'interviens pas, il sera tué sous peu !

– Tu vas jurer sur ton sang que tout ce que tu viens de dire est la pure et stricte vérité !

Andvari sortit alors un petit couteau de sa ceinture et s'ouvrant la paume de la main, jura :

– Par mon sang, je jure que ce que j'ai dit en ce jour est la stricte vérité. La géante Modgud tentera de tuer ton fils !

Nagaaril vérifia à travers le plan astral, celui géré par la magie, qu'Andvari disait bien la vérité. L'âme du nain brillait de mille feux, il était sincère. La princesse commença à reculer et en s'éloignant ajouta :

– Nous sommes quittes, sage Andavri. Fais-en sorte de rester en vie jusqu'à notre prochaine rencontre, je compte sur toi !

– N'aie crainte, j'ai toujours été ponctuel à tous mes rendez-vous.

Il jubilait, avec un peu de chance, cette sorcière tuerait la géante et permettrait à Arwin de se rendre en Niflheim sans problème. Dans le cas contraire, elle succomberait, mais aurait suffisamment affaibli cet adversaire pour qu'Arwin n'ait plus qu'à l'achever.

*

*   *

Arwin progressait rapidement, le cheval fourni par le roi Ollawen s'avéra être un destrier hors du commun. La piste des trolls qui avaient emporté Erindell ne fut pas bien compliquée à retrouver. Il la suivit jusqu'au lieu de l'embuscade des humains. Après avoir examiné leurs cadavres, il fit un rapide état des lieux. Cette bataille avait été menée avec précision et efficacité et d'après les traces qui en restaient, les trolls avaient tous été massacrés.

Il saisit alors sa baguette de nécromancien et rechercha sur le sol, le cadavre d'un des soldats humains.

Avec délicatesse, il extirpa son âme des limbes et lui posa la seule et unique question qui lui importait :

– Où alliez-vous avant d'attaquer cette troupe de trolls ?

L'âme fraîchement morte, espérant une rédemption, répondit avec empressement :

– Vers le Nord, dans la forteresse du roi Borum.

Sans ménagement, Arwin rompit le sort et laissa l'âme du soldat surprise retourner d'où elle venait. Avec le temps, elle apprendrait qu'il n'existe aucune alternative à son sort et qu'il est des traitements bien pires que l'errance sans fin dans le Niflheim, le royaume des morts.

Il reprit aussitôt sa route, mais le sort s'acharnait contre lui. Au loin un panache de fumée noire ne lui disait rien qui vaille. De toute évidence, la citadelle humaine avait subi une attaque de grande ampleur.

Au fur et à mesure de son approche, Arwin constata que de forteresses il n'était déjà plus question, le nom de ruine lui allait désormais beaucoup mieux.

À nouveau il sortit sa baguette de nécromancien. Il devait pourtant se méfier, jouer avec cet art obscur n'était pas anodin. Relever les morts avait des conséquences et petit à petit la frontière entre sa propre vie et sa mort s'amenuisait. Il lui fallait être prudent !

Avec mille précautions, il choisit parmi les cadavres le corps d'un officier. Lentement, il rappela l'âme du gradé. Le spectre lui parla d'une colonne de réfugiés partie juste avant le début des combats. Des elfes clairs étaient bien parmi eux. Sans prendre le temps de se reposer, il reprit sa route dans la direction indiquée.

Il approchait de son but, cela ne faisait plus l'ombre d'un doute. Le cheval qui jusqu'ici s'était révélé une monture robuste et rapide renâcla à entrer dans l'épaisse forêt qui s'ouvrait devant lui. Ce lieu sinistre lui semblait dangereux, même maléfique. Mais n'ayant pas d'autre choix, ni même d'autre direction à prendre, il obligea l'animal à avancer prudemment.

Cette forêt grouillait de spectres. À la vitesse où ils se répandaient, cette région du Vanaheim allait rapidement être conquise par le Niflheim. Malgré la fatigue de son cheval, Arwin força l'allure autant rester le moins de temps possible en ce lieu. Lorsque l'épaisse forêt se changea en marécage, le cheval devint de plus en plus réticent.

Finalement, ils se rapprochèrent du passage entre le royaume du Vanaheim et celui d'Alfheim. Une imposante troupe de trolls et d'elfes sombres en gardaient l'entrée. Un campement avait été monté juste derrière le portail d'où entraient et sortaient sans discontinuité des troupes fortement armées.

Cette force semblait bien disproportionnée pour garder ce portail. Il avança pourtant sans crainte. N'était-il pas un prince Svartalfar ? Et à ce titre, on lui devait respect et obéissance.

Sans ménagement, il apostropha le troll qui lui barrait la route :

– Qui commande ici ?

Le troll esquissa un simulacre de salut et répondit :

– C'est la comtesse Zialan qui a le commandement de la troupe, Votre Seigneurie.

– Très bien, mène-moi à elle et vite !

Le troll s'exécuta sans broncher et le conduisit rapidement vers la tente de commandement. Ces elfes sombres ne valaient guère mieux que leurs homologues clairs, impitoyables et arrogants. Arwin rejoignit rapidement la comtesse et toisa l'assemblée comme le permettait son rang.

Il dévisagea un à un ses interlocuteurs, puis parla d'un ton autoritaire en s'adressant à la jeune femme en armure :

– Je suis le prince Arwin ! Qu'est devenue la colonne de réfugiés venue de l'Est ?

– La plupart ont été tués durant de leur tentative de fuite.

– Combien ont réussi à passer ?

– La moitié, tout au plus.

Arwin sentait bien qu'elle mentait. La plupart avaient réussi à franchir le blocus, mais elle n'osait l'avouer. Il souriait intérieurement, si la situation avait été différente, il aurait dû la châtier sévèrement pour son incompétence. Chez les elfes sombres, on ne connaissait pas la clémence !

– Y avait-il avec eux des elfes clairs ?

– Oui monseigneur, mais ils ont tous été tués, même ceux arrivés après pour leur prêter main-forte. Aucun n'est passé en Alfheim, j'en fais le serment !

Du coup, Arwin ne souriait plus. Car là, il le sentait très bien, elle ne mentait pas !

– Où sont les corps ?

– Brûlés, comme il se doit, monseigneur.

– Y avait-il une princesse parmi eux ?

– Plusieurs femmes oui, mais je n'ai pas relevé de titre particulier.

Arwin calma la colère qui montait en lui. Il devait se ressaisir, de toute façon, il ne sentait pas la mort de la princesse en ce lieu. Beaucoup étaient morts, mais pas Erindell ! L'un des trolls s'approcha alors du prince et lui tendit la tête tranchée d'un homme.

– Voilà ce qu'il reste du général qui conduisait le convoi, Votre Seigneurie.

Arwin saisit la tête du général et sortit sa baguette de nécromancien. Presque instantanément, la tête s'anima, cela se produisit même presque trop rapidement à son goût, cela devenait préoccupant ! Sans ménagement, Arwin le questionna :

– Qui es-tu ?

– J'étais le général Boruk, au service du roi Borum.

– Tu commandais le convoi d'humains qui a franchi le portail pour l'Alfheim ?

– Oui.

– La princesse elfe claire Erindell était-elle avec vous ?

– Oui.

– A-t-elle franchi le portail ?

– Non.

– Que s'est-il passé ?

– Un mage elfe clair est intervenu. Il semblait vouloir l'attaquer !

– Quoi ! Que racontes-tu là ?

– Ce traître m'a tué et s'est retourné contre la princesse.

– A-t-il réussi ?

– Non, l'âme de la princesse Erindell ne fait pas encore partie des ombres.

Arwin laissa tomber la tête au sol, ce qui rompit le sortilège. La situation devenait inextricable, voilà qu'un autre traître faisait son apparition. Il fallait agir très vite.

Il se retira à l'extérieur de la tente et sortit le talisman magique de la princesse Aïthem. Aussitôt, le contact avec le roi Ollawen s'établit :

– Roi Ollawen ?

– Je vous écoute, prince Arwin.

– Je ne serai pas long, la princesse Erindell est sûrement retenue prisonnière par l'un des vôtres, un mage elfe clair !

– Mais cela n'a pas de sens, c'est parfaitement impensable !

– Roi Ollawen, nul n'est à l'abri d'un complot. Croyez-moi, il y a un traître parmi les vôtres !

– Bien, je vais intervenir. Soyez prudent, prince Arwin, car l'ennemi peut se terrer partout désormais !

Arwin rangea précipitamment le talisman lorsque deux trolls approchèrent :

– Monseigneur, on demande votre présence.

Il les suivit dans la grande tente de commandement et constata qu'au milieu des officiers se tenait désormais un prince Svartalfar. Arwin n'en croyait pas ses yeux :

– Borian, mon frère ! Par quel miracle es-tu ici ?

Il se jeta sans retenue dans les bras de son jeune frère. Il ne pouvait contenir sa joie, ainsi ils étaient plus nombreux qu'il ne le pensait, à avoir survécu au terrible Ragnarök. Presque aussitôt il l'assaillit de questions :

– Où en est notre armée ? Y a-t-il beaucoup de perte ? Qui en a pris la tête ?

– Du calme mon frère, réussit à articuler le nouveau venu. Notre armée est en route pour l'Alfheim. Par chance, elle n'a pas souffert du Ragnarök, car elle était dans le tunnel entre les mondes quand le feu a tout ravagé. J'ai pris évidemment sa tête. Mais toi, où étais-tu ? qu'as-tu fait, pendant tout ce temps ?

– Notre peuple est-il anéanti ? Nos cités ?

– Peu ont survécu au Ragnarök, nous ne sommes plus qu'une poignée. Que t'est-il arrivé, mon frère ? Le questionna à nouveau Borian.

– J'ai été trahi mon frère ! Par l'un des nôtres. Tu dois te méfier, le traître fait partie de nos proches, sois prudent ! Mais que fais-tu ici ?

– J'avais donné des ordres à tous nos postes-frontières afin d'être informé si tu refaisais surface. Je suis au courant de ces rumeurs d'espions concernant nos rangs. Je voulais t'en informer au plus vite, car j'ai déjà fait arrêter une dizaine de renégats. D'autres sont en instance de l'être.

– C'est bien mon frère ! Je tirerai toute cette histoire au clair dès mon retour. Pour l'instant, je suis sur les traces d'une princesse elfe claire. Aurais-tu des informations qui pourraient m'aider ?

– Je sais qu'une certaine Erindell, fille du roi Ollawen est détenue dans le Niflheim.

– Ah bon ? Mais ce royaume est si vaste, n'as-tu rien de plus précis ?

– Ce ne sont que des rumeurs, mais il se pourrait qu'elle soit retenue dans la forteresse d'Hel, l'Helheim, sous la garde de Gram, lui-même !

– Ce monstre aurait donc lui aussi, survécu au Ragnarök ? Merci mon frère pour ces renseignements précieux. Je vais partir pour l'Helheim sur le champ et toi, que vas-tu faire ?

– Je dois retourner au-devant de notre armée et la positionner aux frontières de notre royaume afin de dissuader toute tentative des elfes clairs. Nous devons nous protéger, ils ne sont peut-être pas aussi affaiblis qu'on pourrait le croire.

– Bien ! Sois prudent, je te rejoindrai dès que je le pourrais.

Les deux frères se serrèrent à nouveau l'un contre l'autre. Arwin avait retrouvé un frère alors que Borian, lui, contemplait un ennemi. Chacun jouait son rôle, mais toutes les cartes n'avaient pas encore été distribuées !

Arwin assista silencieux à la réunion des officiers en charge du point de passage en Alfheim. Suite au Ragnarök, cette position devenait incontournable et en fermer l'accès permettrait à l'armée elfe sombre de passer rapidement en territoire ennemi.

Les discussions continuèrent tard dans la nuit et chacun partit se coucher rassurés. La nation Svartalfar n'était pas à la merci de ses ennemis, à travers les deux princes de sang, l'ordre des matriarches allait perdurer. Au petit matin, Arwin rassembla des provisions et informa son frère qu'il partait à la recherche de la princesse elfe claire. Borian lui rappela la position exacte de la forteresse d'Heilheim et se retira à son tour. Laissant les troupes à la défense de ce point de passage stratégique, le prince Arwin prit la direction du pont

Gjallarbrü, qui donnait accès au royaume de Niflheim.

Une fois éloigné du brouhaha de la garnison en poste, les spectres se firent plus nombreux autour de lui. Arwin n'était pas du genre à se laisser impressionner par quelques âmes errantes, mais en grande quantité, elles pouvaient se montrer vindicatives, menaçantes et même dangereuses.

Afin de ne pas être ralenti inutilement, il se recouvrit d'un voile d'invisibilité. Bien que de rang inférieur, ce petit sortilège était assez efficace. Il passerait inaperçu pour la plupart des créatures, vivantes ou non, de ce monde.

À mesure qu'il approchait de la frontière du monde des morts, la quantité d'âmes en peine se faisait plus dense. Mais que se passait-il exactement aux portes du Niflheim ?

Pourquoi tous ces morts sortaient-ils ainsi de leur royaume ?

Avant le Ragnarök, les morts étaient réparties en trois catégories. Les morts héroïques, tués en combattant, appartenaient au dieu Odin et rejoignaient le Valhalla le paradis des conquérants. Ceux, morts aux combats, mais en défendant leurs biens ou leurs familles appartenaient à la déesse Freya. Tous ces morts cohabitaient en Asgard.

Tous les autres morts, de vieillesse, de maladie ou les lâches, appartenaient à la déesse Hel et tombaient dans le Niflheim.

Mais le Ragnarök avait détruit Asgard et désormais l'incroyable quantité de morts se retrouva sans distinction dans le royaume des morts, qui fut rapidement saturé.

Désormais, ce monde vomissait de ses entrailles le

trop-plein qu'il ne pouvait plus absorber. Bientôt, les terres adjacentes seraient envahies par ces spectres sans terre et annexées à leur monde de tutelle.

Arwin n'en croyait pas ses yeux. Il était désormais difficile d'avancer tant le nombre de revenants grossissait et s'entassait sur la route. Finalement, il mit pied à terre et c'est en tirant son cheval qu'il finit par atteindre le pont.

Cela faisait déjà près d'une heure qu'une question taraudait sans cesse l'esprit d'Arwin : comment passer la frontière sans encombre ?

En lui-même, le pont ne posait pas de soucis. La complication se trouvait plutôt dans celle qui en gardait l'accès : la géante Modgud.

La légende la présentait comme une ogresse vorace et vindicative. Ses pouvoirs n'étaient pas très clairs, mais chacun s'accordait pour dire qu'il valait mieux l'éviter. Elle était redoutable et à ce jour invaincue, Arwin n'était pas sûr de pouvoir la terrasser.

Finalement, il arriva au pont, mais à part le flot continu d'âme qui le franchissait en tous sens, il ne vit aucun signe de la gardienne.

Il remercia intérieurement le Ragnarök pour cette bonne surprise !

En fait, s'il avait simplement regardé un peu plus loin le long du fleuve Gjöll, la frontière naturelle entre les deux mondes, il aurait vu deux silhouettes dans l'eau. Alors qu'il s'éloignait, le corps de la géante fut entraîné par le courant alors que celui d'une l'elfe sombre se hissait péniblement sur la rive.

Arwin continua son périple à travers le Niflheim durant trois jours. Ses vivres commençaient dangereusement à diminuer lorsqu'au loin il distingua l'imposante citadelle d'Helheim.

Curieusement, plus il approchait des remparts, plus les spectres se faisaient rares. Finalement c'est parfaitement seul qu'il atteignit les imposantes portes de la forteresse d'Hel. Le palais de la déesse s'imposait au milieu d'une désolation qui s'étalait à perte de vue.

D'un noir de jais profond, on avait du mal à distinguer la hauteur exacte de l'épaisse muraille qui en délimitait le contour.

Les portes qui auraient pu laisser passer une armée de front étaient légèrement entrouvertes. C'était une chance, car seule la force d'un titan aurait pu les faire bouger.

Avec précaution Arwin avança dans ce lieu légendaire.

Il était dangereux, pour un vivant d'entrer dans le palais de la déesse de la mort. Même, si elle avait sûrement été tuée durant le Ragnarök.

Une question subsistait : quel crédit accorder à ceux qui prétendaient que la mort était morte !

Deux statues de marbre noir attendaient immobile de chaque côté de l'entrée. C'était sûrement un piège, une protection comme celle qui gardait les portes de la cité des dieux Vanes. Arwin comprit que ce piège se refermerait sur lui s'il faisait un pas de plus. Mais avait-il d'autres choix ?

Il décida de faire face à son destin et franchit le seuil. Aussitôt, les deux statues s'animèrent et tombèrent en poussière. Sans la magie de la propriétaire des lieux, ces protections n'avaient plus aucune légitimité. Arwin laissa éclater sa joie, il se mit à espérer une certaine mansuétude du destin.

Une fois l'énorme portail passé, tout semblait figé. Seul un impressionnant bastion au loin rompait l'horizon. Une fine pellicule de suie s'attardait sur le sol lisse. Pas un souffle de vent, pas un bruit. Cet endroit aux dimensions surréalistes semblait parfaitement vide. Arwin rechercha dans le plan supérieur, celui de la magie et distingua, une timide lueur qui palpitait au milieu de nulle part, droit devant lui. De toute évidence, c'était dans cette direction qu'il devait aller.

Il remonta sur son cheval et avança. Les distances, le temps suivaient leurs propres lois dans ce royaume. Il fallait composer avec et s'adapter. Malgré sa détermination, la distance qui le séparait de sa destination ne diminuait pas, on se jouait de lui ! À cette vitesse, il mettrait des siècles pour atteindre le bastion.

Il ferma alors les yeux et à travers le plan magique se dirigea vers le palais d'Hel. Une fois devant, il ouvrit à nouveau les yeux, l'imposant édifice s'étalait face à lui :

– Eh bien voilà ! Ce n'était pas si compliqué, se rassura-t-il.

Là encore, les derniers occupants des lieux avaient été négligents, les portes étaient restées entrebâillées. Autant de portes ouvertes, voilà qui n'était pas bon signe, mais il n'était plus à ça près.

Lentement il s'introduisit dans le palais d'Hel. Soucieux de ne pas réveiller le monstrueux Gram, le chien des enfers, il avança avec prudence.

La salle du trône s'étendait à perte de vue. Au loin, il pouvait distinguer le trône d'Hel, mais aucune trace de Garm ou de Erindell. Pourtant, ses pouvoirs magiques l'informaient qu'il n'était pas seul dans cette pièce.

Rompant le silence oppressant, une voix résonna :

– Approche, prince Arwin !

Arwin se figea, il reconnaissait cette voix, mais n'arrivait pas à se rappeler à qui elle pouvait bien appartenir. Il était tétanisé. S'apprêtant à devoir combattre le légendaire Gram, à le voir surgir de nulle part. Il resta ainsi prêt à riposter plusieurs secondes, puis se détendit et finit par avancer.

Lorsqu'il arriva à la hauteur du trône, il stoppa, stupéfait. C'était bien ce nain hideux ; ANDVARI !

Ne sachant, s'il devait s'incliner ou hurler de rire, il resta de marbre. Dans le doute, il préféra garder son sérieux et inclina légèrement la tête.

Le nain légendaire se tenait vautré dans le fauteuil de la déesse de la mort. Négligemment, il avait passé l'une de ses jambes par-dessus l'accoudoir et dans cette position grotesque, sa petite bedaine pendait hors de son manteau décousu.

Arwin ne riait plus, agacé, il demanda :

– Avez-vous tué Gram ?

Le nain éclata de rire, d'une hilarité cristalline, presque enfantine. Il en tomba du trône. Lorsqu'il se releva, il avait retrouvé son calme :

– Tué Garm… Je te remercie, Arwin, cela faisait bien longtemps que je n'avais pas autant ri. Tu es doué, j'en conviens. De toute façon, tu as toujours été mon préféré. Si j'avais pu, les choses auraient été différentes. Mais c'est du passé, revenons à nous et à aujourd'hui !

Le nain remonta péniblement sur le trône et poursuivit :

– Non, Gram a surement péri lors du Ragnarök. Peu ont survécu, comme tu le sais.

Arwin détestait ce nain disgracieux, cela ne faisait aucun doute. Mais la situation semblait plus complexe qu'il n'y paraissait. Pourquoi est-il ici ? Avait-il déjà délivré Erindell ?

– Mais que faites-vous ici alors ? À quoi rime cette mascarade ?

– Je suis ici pour toi, Arwin, pour que tu vives alors

que d'autres s'acharnent à vouloir te détruire !

– Vous n'obtiendrez rien de moi. Je ne suis pas dans votre camp et ne l'ai jamais été !

– Ne sois pas stupide, Arwin. L'ère des dieux s'est achevée avec le Ragnarök. Ce qui était vrai ne l'est plus désormais ! Je croyais que tu l'avais compris. Le monde actuel cherche sa voie et ses dirigeants, en feras-tu partie ?

– Je n'ai que faire de tout cela. À chaque jour suffit sa peine, j'ai aujourd'hui une mission. Je m'occuperai de sauver le monde demain, si tu le permets ?

– Moi ? Je veux bien, mais tes ennemis t'en laisseront-ils le temps ?

– Quels ennemis ? J'en ai tant !

– Parlons des plus puissants et surtout des plus proches !

– Je n'en sais rien et je n'en ai que faire ! Où est Erindell ?

– Avant de t'occuper d'Erindell, je te suggère de t'occuper de toi ! Tes ennemis approchent, ils sont puissants et déterminés. Que vas-tu faire ?

– Mais je n'en sais rien ! Pourquoi viendraient-ils me chercher ici ?

– Mais parce que tu as été trahi, sombre idiot !

Arwin reçut cette réplique comme une gifle. Personne en ce monde n'avait le droit de l'insulter de la sorte. Instinctivement, il concentra sa force magique et avança :

– Prends garde à toi, sage Andvari, ma patience a des limites ! On ne m'insulte pas sans en assumer les conséquences !

– Garde tes forces, Arwin, tu vas très vite en avoir besoin.

Andvari sauta alors du trône et exécuta plusieurs mouvements compliqués. Le trône jusqu'alors immobile se mit à se tordre et se contracter, jusqu'à n'être plus qu'une masse sombre en ébullition entourée de fumée opaque. Finalement, le nain frappa violemment dans ses mains et le nuage noir se dissipa, révélant une imposante épée à moitié enfoncée dans le sol de marbre. Il fit deux pas en arrière et désignant l'arme, ajouta :

– Prince Arwin, je te présente Porte-mort, l'épée de la déesse Hel aujourd'hui disparue.

À son tour Arwin recula de deux pas :

– Il est hors de question que je touche à ça !

– Quoi ?!

– Ne compte pas sur moi pour prendre cette arme !

Au même instant, le prince Volaran se matérialisa dans la pièce, suivi du comte Guruos et de la duchesse Vrinnash. Une quatrième personne apparut avec eux, mais resta dans l'ombre. C'est Volaran qui parla le premier :

– Quel plaisir de vous revoir, prince Arwin ! Comme vous voyez, on ne vous a pas oublié. Je dirais même que vous n'avez cessé d'occuper nos pensées !

Arwin resta silencieux, une nouvelle fois, les choses tournaient mal. Seul, il n'avait aucune chance, mais se damner pour l'éternité en prenant cette épée maudite était hors de question.

Andvari s'approcha alors de Volaran et désignant l'épée divine, ajouta :

– Le prince Arwin se montre magnanime. Il ne souhaite pas utiliser le fléau d'Hel contre vous. Elle appartiendra donc au vainqueur. Mais afin d'équilibrer votre confrontation, j'ai sélectionné quelques connaissances dont les noms ne vous seront pas inconnus. J'ai l'honneur de vous présenter : 'maître Borulska' !

Un Homme terriblement vieux s'avança. Il semblait surgir de nulle part. Le corps couvert de tatouages et de cicatrices rituelles, il marchait voûté soutenu par un bâton tordu. À sa ceinture pendaient divers ossements et sacs de toutes tailles. Son crâne chauve et son visage étaient peints en blanc alors que ses mains et ses pieds l'étaient en noir. Un collier d'os et de dents jaunies pendait négligemment autour de son cou. Lentement il se plaça face à la duchesse Vrinnash qui restait figée, les yeux écarquillés.

Le vieil homme simula une révérence ridicule et fixant la nécromancienne dans les yeux, il rit aux éclats :

– Alors, chienne de Svartalfar, tu croyais vraiment t'être débarrassée de moi ?

– Que fais-tu ici ? Ce combat n'est pas le tien !

– Comme me l'a si justement rappelé notre ami Andvari, il existe une règle ancestrale, que même le Ragnarök n'a pas remise en question 'l'ennemi de mon ennemi est mon ami !'

À nouveau, le vieux chaman éclata de rire. Andvari reprit la parole :

– Et maintenant voici 'dame Raliok' !

Une femme apparut, ou plutôt une matrone. Ses vêtements semblaient d'un autre âge. Usés, dépareillés et d'une couleur indéfinissable, ils tombaient en lambeaux. Ses cheveux hirsutes, poivre et sel pendaient en paquets emmêlés sur ses épaules. De petite taille et plutôt forte, elle inspirait plus le dégoût que la crainte. Son visage était parcouru de plusieurs cicatrices, dont l'une finissait au bord d'une orbite vide. Son œil valide lançait des éclairs et rappelait à l'assemblée qu'elle faisait partie des puissants. Autour d'elle, couraient et virevoltaient en tous sens, une multitude de petits démons. Elle se plaça directement face au comte

Guruos, qui avait du mal à cacher sa colère. D'une voix stridente, elle déclara :

– L'ennemi de mon ennemi est mon ami !

De toute évidence, ils se connaissaient bien et se haïssaient. Tout avait été dit !

Andvari recula et avant de se fondre parfaitement dans l'obscurité, annonça le dernier nom :

– Je vous demande d'accueillir, la princesse Shanarall, fille ainée du roi Ollawen !

La princesse fixa le personnage resté caché dans l'ombre derrière le prince Voralan. Elle portait une cape d'or et d'argent. À sa ceinture pendait une longue épée, fine et légère comme les affectionnaient les elfes clairs. Elle laissa tomber au sol sa longue cape, révélant à l'assemblée le reste de son armure.

Son casque surmonté d'un énorme diamant était ciselé sur toute sa surface de runes anciennes et magiques. Un magnifique dragon d'or et de jade était sculpté sur son sommet. Par deux très fines ouvertures, on pouvait distinguer ses yeux d'un vert profond, mais ô combien glacial. Ses longs cheveux d'un blond éclatant s'étalaient négligemment sur ses épaulettes.

Arwin eut du mal à cacher son admiration, cette femme était d'une beauté à couper le souffle. Magnifiquement redoutable, voilà qui définissait parfaitement cette magicienne !

Du bout des lèvres, tant le dire lui fut difficile, elle murmura :

– L'ennemi de mon ennemi est mon ami !

Quatre contre quatre, le combat semblait à présent équilibré. Tous se connaissaient, tous se haïssaient, il n'y avait aucun doute. Mais Arwin s'interrogeait sur l'identité de l'ennemi resté caché, l'adversaire de la princesse Shanarall. Sans ménagement, il l'apostropha :

– Montre-toi ! Puisque tu es censé me remplacer au sein de cette confrérie infernale !

Arwin se figea ! Lentement son frère sortit de l'ombre.
– Borian ! C'est bien toi ?

Ce fut Shanarall qui répondit :
– Oui c'est lui, le meurtrier de milliers d'innocents. L'heure des comptes a sonné : MONSTRE !

Elle se jeta en avant, ce geste fut interprété comme un signal et le combat débuta. Chacun se concentra sur son adversaire et sa propre survie.

La duchesse Vrinnash engagea son duel avec la ferme intention d'en finir rapidement. Elle posa une main au sol et invoqua plusieurs squelettes. Borulska se déplaça rapidement hors de leur portée et lança à son tour une volée d'os acérés, qui s'écrasa contre le bouclier protecteur de la nécromancienne. Aussitôt le chaman invoqua deux énormes pointes qui surgirent du sol sous la duchesse. L'une explosa contre son armure magique alors que l'autre transperça son bras gauche. Hurlant de douleur, elle répliqua en appelant deux spectres qui se jetèrent sur son adversaire.
Borulska projeta un nuage de limbes qui les absorba et tenta de conserver son avantage. Puisant dans l'un de ses sacs, il lança une étrange poudre sur son ennemie. Cette matière se fixa sur les vêtements de Virnnash et aussitôt se solidifia. La nécromancienne se trouva immobilisée, mais réussit à stopper ce maléfice. Sans même prendre le temps de se libérer, elle invoqua un nouvel esprit qui projeta un sort de terreur autour de lui.

Borulska, malgré ses réflexes, fut touché par cette vague d'effroi et ne put que reculer. Afin de pouvoir récupérer, il invoqua des guerriers squelettes, qui furent balayés d'un revers de main par la nécromancienne. Il fouilla à nouveau dans ses sacs et jeta au sol des petits bouts d'os.

Au fur et à mesure qu'ils touchaient le sol et rebondissaient, des squelettes mages s'animèrent.

Virnnash les enferma dans une cage d'os, qu'elle enflamma jusqu'à ce qu'ils soient réduits en cendres. D'un geste sec, elle se libéra du piège qui la bloquait et se projeta sur son ennemi. D'un coup sec du tranchant de la main, elle lui ouvrit profondément la joue.

– Alors mon maître ? Es-tu fier de ton élève ? hurla-t-elle en l'étranglant.

Comme ces nécromanciens sont des êtres étranges, car à l'instant où il allait mourir, il avoua la vérité qu'ils connaissaient déjà tout deux. « Oui ! Je suis fier de toi. »

En fait, il l'avait toujours été. Virnnash posa alors sa main sur le front du vieil homme et lentement, elle absorba sa vie. Lorsqu'elle le lâcha, elle avait les larmes aux yeux.

Contrairement à Virnnash, le comte Guruos ne put attaquer le premier. Les quelques secondes qui lui furent nécessaires pour invoquer son démon majeur permirent à son adversaire de prendre l'avantage. Ivre de colère, Raliok lâcha sa multitude de démons inférieurs sur son ennemi. Zaiabr le démon majeur s'interposa et repoussa la charge.

Malgré le nombre, il réussit à contenir le flot de ses adversaires et à son tour s'apprêta à attaquer. Mais Raliok fut la plus rapide, elle ouvrit un portail démoniaque juste au-dessus d'elle, qui déversa sans interruption des hordes de nouveaux démons dans la bataille.

Guruos intervint pour aider son serviteur à bloquer cet afflux massif de créatures. Les réduisant en cendres par dizaine, il réussit à rétablir le rapport de force.

Raliok ouvrit alors un deuxième portail, dont le flot se joignit au premier pour submerger Guruos.

La situation semblait figée, Zaiabr repoussait tant bien que mal les centaines de démons inférieurs qui s'acharnaient sur lui.

Puis Raliok réalisa que son allié chaman venait de perdre son duel. Elle sourit « ces nécromanciens ne valaient rien ! » Mais elle allait se servir de cette défaite pour assurer sa victoire.

Elle invoqua alors l'ouverture d'un troisième portail démoniaque. Guruos recula de terreur. Que faisait cette folle ? Elle n'était pas en mesure de contrôler l'armée de démons qui s'échapperaient des trois passages !

Il fut pourtant bien ouvert et ce sont des centaines de démons qui surgirent et attaquèrent Zaiabr et son maître.

Guruos fut littéralement déchiqueté et son démon réduit en lambeaux. Lorsqu'elle fut certaine que son ennemi était vaincu, Raliok ferma les trois portails et redirigea l'ensemble des démons présents contre la nécromancienne.

Vrinnash tenta d'intervenir pour sauver son allié, mais c'était déjà trop tard. Voyant la multitude de démons mineurs surgir dans sa direction, elle comprit qu'elle était la prochaine cible de cette horde déchaînée.

Instinctivement, elle leva une barrière d'os autour d'elle et invoqua en toute hâte une dizaine de squelettes. Elle les dirigea sur la meute qui se précipitait en hurlant.

Les squelettes furent balayés et la protection d'os ne résista guère mieux. Aidée par des spectres appelés en renfort, la duchesse se montra combative et décima une grande partie de ces créatures. Mais face au nombre, elle ne put que s'incliner et à son tour fut dévorée.

Raliok riait aux éclats, sans le vouloir, la

nécromancienne venait de lui redonner la main sur la meute de ses démons, en réduisant drastiquement leur nombre. Seule une dizaine avait survécu, elle pouvait sans aucun problème en reprendre le contrôle.

Arwin restait concentré sur son adversaire. Un sorcier de la trempe de Voralan n'était pas à prendre à la légère, pourtant il voyait bien que la princesse Shanarall était en difficulté.

Son frère avait toujours été un excellent escrimeur, inférieur à lui, mais redoutable tout de même. Et méthodiquement, il prenait l'ascendant sur la princesse. Il fallait intervenir ou elle était perdue. Il propulsa Volaran dans le mur et s'approcha de son frère.

Borian finit par désarmer Shanarall puis concentra sa volonté. Un jet d'énergie magique pure frappa alors la princesse, brisant nette sa protection magique. Elle fut projetée au sol, sonnée par la brutalité du coup. Un sourire aux lèvres l'elfe sombre ajouta :

– Adieu princesse !

Arwin interpella alors Borian afin de le distraire :

– Tu es bien indigne de ton titre, mon frère ! Notre mère t'a pourtant appris à être 'aimable' avec ceux de ton rang ! Se retournant vers la jeune femme, il ajouta : l'épée est indigne de vous, princesse.

Shanarall se releva d'un bond, réactiva son bouclier corporel et surenchérit :

– J'en conviens, prince Arwin, passons donc aux choses sérieuses alors !

Elle retira son casque et sa longue chevelure blonde s'électrisa. Ses yeux crépitaient d'éclairs, qui en formant des arcs se répandirent en tous sens le long de son armure argentée.

Borian recula et concentra ses pouvoirs pour

survivre à ce qu'il allait subir.

Un premier éclair le frappa, puis un deuxième et un troisième. Son bouclier magique vola en éclats, il fut propulsé loin en arrière.

Shanarall ne bougea pas et à nouveau regroupa ses forces.

Borian était blessé, il réactiva à la hâte sa protection corporelle et contre-attaqua. La puissance de cette charge fut absorbée par son adversaire qui augmenta d'autant la quantité d'énergie déjà accumulée. C'est un torrent de feu qui se déchaîna autour du prince.

Face à cette attaque, il renforça son bouclier et regroupa toutes ses forces pour la contrer.

Autour de lui, tout n'était plus qu'un flot de lave. Le dôme formé par son bouclier était attaqué de tous côtés par les flammes issues de la magicienne.

Petit à petit, la protection du prince se réduisait, mais il tenait.

À bout de force, Shanarall rassembla ses dernières forces et pointant son épée du doigt, elle la projeta contre Borian.

L'arme pénétra la protection affaiblie du prince et se planta directement dans son torse. Hurlant de douleur et de terreur, il tenta d'arracher l'épée qui le transperçait. Mais elle bloqua son geste et les yeux emplis de haine le regarda mourir. Voilà qui n'était que justice, la mort accueillera cet être immonde en se délectant de ses gémissements jusqu'à la fin des temps.

Voralan enrageait, après le démoniste, voilà que la nécromancienne succombait à son tour. Alors qu'il s'apprêtait à lancer un nouveau sort, Arwin le projeta contre un mur. Sonné, il s'éloigna pour reprendre ses forces.

Un peu en retrait, il avait les mains libres pour rétablir un certain équilibre dans les forces en présence.

Il se matérialisa dans le dos de la démoniste et lui posa les mains sur la tête. En quelques instants, elle fut couverte de malédictions. Même la charge de ses démons ne pouvait plus rien pour elle.

Sa peau se décomposa, ses os se liquéfièrent et ses entrailles tombèrent sur le sol. Hurlant de douleur, elle se répandit dans une mare informe et putride.

Sans leur maître, les démons mineurs se regroupèrent et attendirent de nouveaux ordres. D'une voix autoritaire, Voralan s'imposa à ces créatures et désigna leur nouvel ennemi. C'est sans se poser de questions, qu'ils se jetèrent sur l'elfe claire.

Arwin assista impuissant à la fin ignoble de Raliok. Ivre de rage, il attaqua à nouveau le sorcier, qui encaissa la charge magique de plein fouet. Voralan tituba puis disparut. Toujours caché entre deux plans, il récita plusieurs malédictions, mais elles ne purent pénétrer l'épais bouclier magique qui protégeait Arwin.

Le prince en profita pour abattre les créatures qui agressaient la princesse puis il lui rappela que le sorcier voyageait entre deux plans. D'un geste ample, elle enflamma alors le sol autour d'eux.

Se croyant à l'abri dans l'ombre, le sorcier ne comprit pas immédiatement que ce feu se propageait rapidement. Avant qu'il puisse réagir, il était encerclé par les flammes.

Alors que sa cape commençait à se consumer, il se recouvrit d'ombre et chercha une échappatoire dans un plan parallèle.

Arwin en profita pour retirer l'épée du corps de son frère et se prépara. Il savait qu'il n'aurait pas longtemps à attendre. À quelques pas sur la gauche, les flammes au sol s'estompèrent, le sorcier était de retour.

Avec force, il propulsa l'épée dans cette direction.

Elle se planta dans le bouclier magique de Voralan

qui réapparaissait. Le sorcier n'en croyait pas ses yeux, il avait été débusqué. Comment était-ce possible ?

L'épée Elfique était l'œuvre des nains orfèvres, bénie par la puissance divine de Freya, elle était quasiment indestructible. La force de l'énergie que lança Arwin poussa l'épée contre le bouclier, qui ne résista pas bien longtemps.

L'épée finit par transpercer le sorcier, qui ne s'avoua pas vaincu pour autant. À l'agonie, il lança deux dernières malédictions. Appuyé par divers artefacts en sa possession, il échangea le peu de vie qui restait en lui contre la certitude d'un sort imparable.

Arwin sentit ses membres se raidir, puis peu à peu son corps tout entier se contracta. Sa peau se recouvrir alors d'épaisses taches noires et il fut pris de terribles convulsions. Tombé au sol, il se mit à vomir.

À cet instant, le vieux chaman se redressa. La rune tatouée sur son front brillait de mille feux. Il leva un bras et hurla plusieurs mots dans une langue inconnue.

Instantanément, sa peau se recouvrit des mêmes taches noires qu'Arwin. À son tour, il vomit ses entrailles, puis lentement son corps se raidit et il mourut, pour la seconde fois.

Finalement, l'étrange tatouage à son front finit par s'éteindre et avec lui le peu de vie qui restait au chaman.

Arwin se redressa incrédule, la malédiction qui l'accablait venait d'être levée.

Andvari sortit alors de l'ombre où il attendait patiemment et applaudit :

– Odin aurait apprécié ce combat, à n'en point douter !

Arwin restait pourtant sur ses gardes, si le chaman avait trouvé un moyen de revenir d'entre les morts pour le secourir, les autres pouvaient bien en faire autant.

Andvari récupéra l'épée elfique et la rendit à Shanarall, il ajouta :

– Très belle arme, j'en conviens. Vous en aurez besoin sous peu. Arwin ! Il est temps que tu t'armes toi aussi !

– Je ne veux pas de cette épée !

– Ne fais pas l'idiot, ton frère est mort, le conseil des matriarches est sûrement déjà au courant et tu sais très bien ce qu'il va se passer !

– Je ne suis plus concerné par tout cela !

– Pauvre fou ! La matriarche Nagaorendil s'apprête à prendre la direction de ton armée. Elle marchera sur l'Alfheim. Elle détruira tout sur son passage. Les elfes clairs ne sont pas en mesure de l'arrêter. Elle va tous les tuer !

Arwin se prit la tête dans les mains et hurla :

– Mais vais-je sans cesse être le dernier espoir de tout ce qui vit encore sur cette maudite terre ? Je suis un traître aux yeux de mon peuple, un ennemi aux yeux des autres. Comprends-tu, Andvari ? Je suis pieds et poings liés, je ne dispose pas de pouvoir suffisant pour intervenir ! Mon frère, mon sang m'a trahi, il voulait ma mort. Je me fiche de tes problèmes, je ne peux rien y faire !

– Qu'attends-tu pour prendre cette épée alors ?

– Jamais !

– Alors tout est perdu. Nagaorendil va décimer les elfes clairs, puis elle s'en prendra aux nains qu'elle pourchassera dans leur montagne du Nidavellir. Elle finira son carnage en exterminant ce qu'il reste de la race des hommes. Finalement, elle aura gagné, il ne subsistera que la race des elfes sombres. Vous règnerez en maître sur les huit mondes survivants ! Cela te convient-il, ainsi prince Arwin ?

Arwin resta silencieux, tout se mélangeait dans sa

tête. Il fallait faire taire ce nain, ou sa tête allait exploser !

– Je suis venu ici pour la princesse Erindell et rien d'autre. Le reste ne me concerne plus !

La princesse Shanarall s'approcha et lui posant la main sur l'épaule diffusa, sans véritablement s'en rendre compte, une énergie apaisante :

– Sais-tu où se trouve Erindell ?

– Je pensais qu'elle était retenue prisonnière dans ce palais. Mais ce n'était qu'un piège tendu par mes ennemis. Mais je sais qu'elle est détenue par un elfe clair !

Shanarall se plaça face à lui et posa sa main sur son front, ainsi ils partagèrent leurs pensées. Arwin saisit la main, mais ne la retira pas. Il accepta cette proximité et l'intimité qui allait les lier. La princesse prit connaissance de l'ensemble des informations dont disposait Arwin. En reconnaissant le visage de l'elfe clair en question, elle poussa un cri :

– C'est le prince Zelbiem !

Elle resta figée, perdue. Avec cette révélation, son monde se brisait une deuxième fois. Deux filets de larme coulèrent le long de ses joues. Son magnifique visage pleurait, cette vérité était trop lourde à porter. D'un revers de main, elle sécha ses yeux et se ressaisit. Elle devait agir au plus vite, car d'autres secrets lui avaient été révélés : Arwin, un prince elfe sombre, aimait secrètement sa sœur ! Elle était bouleversée, mais l'urgence de la situation nécessitait d'agir :

– Je dois en informer le roi, il faut intervenir au plus vite !

Elle recula en agrippant son pendentif magique et disparut presque aussitôt, pour réapparaitre dans la salle du trône du roi Ollawen. L'ensemble des nobles survivants au Ragnarök était présent, sans ménagement elle se dirigea vers son cousin, le prince Zelbiem.

Arwin resta à nouveau seul avec Andvari. Le nain, un sourire moqueur toujours affiché au visage se plaça entre l'épée et le magicien. D'une voix grave, il dit :

– Il n'y a pas d'autre choix !

Chapitre 6

« Puis, Odin, Vili et Vé créèrent le temps en utilisant le cerveau d'Ymir. Enfin, les trois frères décidèrent de noyer les descendants d'Ymir dans son sang. Seulement, l'un de ses petits-fils, Bergelmir, parvint à prendre la fuite, accompagné par sa compagne. Alors, Odin et ses frères formèrent un rempart à l'aide des cils d'Ymir, protégeant le domaine de Midgard, le monde des humains, des attaques de ses ennemis. »

(Völuspá, act6)

*

* *

En Alfheim, la capitale elfe claire se relevait difficilement du cataclysme. Parmi les décombres, les rares survivants enterraient les morts. Dans le palais à moitié détruit, la salle du trône était bondée et le roi Ollawen présidait un débat houleux. D'un côté, les partisans d'une attaque massive contre les troupes elfes sombres qui approchaient des portes de leur royaume. De l'autre côté, ceux plus réalistes, qui souhaitaient un départ rapide pour la citadelle d'Asheimbrall, seule forteresse encore capable de les protéger.

Rapidement, le ton monta entre les deux camps. Plus divisés que jamais, ils semblaient incapables de trouver un accord. Seul le roi avait encore assez d'autorité pour prendre une décision que tous accepteraient. Mais Ollawen restait perdu dans ses pensées et semblait absent.

Le prince Zelbiem prit alors la parole :

– Nous devons repousser l'ennemi hors d'Alfheim !

Un partisan de la fuite s'éleva à son tour.

– Nous ne sommes plus assez nombreux pour tenter quoi que ce soit !

Posant sa main sur son épée, Zelbiem surenchérit.

– Nous n'avons que faire des paroles d'un couard, ou d'un traître qui sait ?

La tension monta d'un cran dans la salle, une telle injure ne pouvait être acceptée.

– Ces paroles sont indignes d'un prince. Le sort des nôtres ne saurait dépendre des délires guerriers, d'un magicien en manque de reconnaissance !

Alors que l'escalade verbale allait laisser place à une empoignade virile, la princesse Shanarall apparut. Un large cercle se dessina autour d'elle, le roi sortit aussitôt de sa torpeur.

Elle était couverte des restes verdâtre et visqueux, issus des démons mineurs qu'elle avait vaincus. Elle semblait épuisée, mais tenait fermement son épée à la main.

Le roi se leva de son trône.

– Es-tu blessée, ma fille ?

La princesse s'inclina devant son roi, mais pointa son arme en direction de son cousin.

– Oui, mon roi, et bien plus qu'aucune lame n'auraient pu le faire !

– Explique-toi Shanarall !

– Un serpent s'est glissé parmi nous ! Un traître si lâche qu'il s'en est pris à notre bien-aimée Erindell. Ce lâche la retient prisonnière à notre insu !

Le roi concentra ses pouvoirs et figea l'assemblée. Il se projeta alors dans l'espace astral, celui de la magie et chercha la moindre preuve de ce qu'avançait sa fille.

Tel un soleil, il brillait de toute sa puissance. Sa fille et l'ensemble des mages présents luisaient eux aussi, seule une silhouette semblait ternie et tentait tant bien que mal de se soustraire à leur vue.

Tous les regards se tournèrent vers elle. Le roi prit la parole :

– Ainsi c'est donc toi Zelbiem, qui nous a trahis !

Dans le plan magique, le roi avait tout pouvoir sur ces sujets et rien ne pouvait lui être caché. L'âme du roi s'approcha et frappa violemment celle du prince qui se brisa. Par ce geste, il venait de lui retirer tous ses pouvoirs magiques ainsi que son immortalité.

De retour dans le plan terrestre, le roi libéra l'assemblée et s'assit lourdement sur son trône, une larme coulait le long de sa joue.

Shanarall posa alors sa main sur la tête de Zelbiem qui par la volonté de son roi n'était plus un prince, ni même un mage, mais un simple mortel. Elle extirpa les informations qu'elle cherchait. Avec soulagement elle réalisa que sa sœur était toujours vivante. Elle communiqua aux mages présents l'endroit où elle était retenue, ainsi que l'ensemble des protections magiques qui bloquaient l'accès de sa prison.

Ollawen veilla tard dans la nuit, afin de définir la meilleure stratégie à adopter face aux elfes sombres. Le

Ragnarök avait été bien clément à leur encontre, en raison de leur habilité à construire des cités souterraines. Le nombre incroyablement élevé de survivants dans leurs rangs faisaient d'eux des ennemis redoutables désormais. La fuite restait la seule issue !

À peine libérée, Erindell s'imposa dans l'organisation de ce nouvel exode. Forte de son expérience nouvellement acquise, elle supervisa la mise en marche du convoi vers les terres lointaines et perdues d'Alfheim. Aucun elfe clair ne pouvait être laissé en arrière, leur ennemi était trop cruel pour se le permettre.

Une première colonne de cavaliers partit en éclaireur, ils avaient pour mission d'ouvrir la route, la rendre praticable aux chariots. Une fois prête, la population rescapée de la capitale fut regroupée et une longue caravane de réfugiés partit vers l'Ouest.

Jamais depuis la nuit des temps, la capitale elfe claire n'avait été ainsi abandonnée. La situation était désespérée, même s'ils atteignaient la forteresse d'Asheimbrall, ce qui ne restait qu'une hypothèse. Il n'était pas certain qu'ils puissent tous s'y entasser.

Un millier de soldats restèrent pour défendre la capitale. Mais personne n'était vraiment dupe, leur tâche se résumerait à harceler le plus possible l'armée adverse. Ce n'était pas une victoire qui était attendue d'eux, mais un sacrifice !

Encadrant le long du convoi, qui s'étalait sur plusieurs centaines de mètres, les soldats restaient à l'affût. De nombreux éclaireurs avaient repéré des meutes de loups à la recherche de nourriture. Les hordes de trolls restaient l'une de leurs préoccupations majeures. Mais le convoi ne fut pas attaqué, les mages présents en nombres intervenant à chaque alerte pour dissuader d'éventuelles tentatives.

Les trois princesses étaient de nouveau réunies. Chacune devant à sa manière beaucoup au Prince Arwin. Ollawen raconta à Erindell la suite invraisemblable d'événements qui s'était passée depuis sa disparition. Tout au long de son récit, le nom du prince elfe sombre revenait sans cesse. Ils devaient bien se l'avouer, leur avenir à tous dépendait beaucoup de cet être mystérieux.

Le trajet dura plus d'une semaine et à leur arrivée, ils apprirent que leur capitale venait de tomber. Tous ses défenseurs avaient péri et le feu finissait de détruire ce qui ne l'avait pas déjà été.

Ils leur restaient désormais que quelques jours pour préparer leurs survies, avant que les elfes sombres ne soient aux pieds de leurs murailles.

Ce temps serait bien court pour organiser une défense à la hauteur de la fureur de leurs ennemis. Chacun se prépara à vendre chèrement sa vie.

*

*   *

Arwin resta seul avec Andvari. Perdu dans ses pensées, il tentait toujours de comprendre ce qu'on attendait vraiment de lui. Comment reprendre le contrôle de son armée ? Comment vaincre la matriarche Nagaorendil ? Comment sauver les elfes clairs, Erindell ?

Tant de questions et si peu de réponse !

Finalement il avança et d'un geste rageur, tendit la main vers l'épée ténébreuse. Contre toute attente, sa main passa au travers. Surpris, il tenta de la saisir à nouveau, mais ce n'était qu'une illusion. Andvari reprit la parole :

– Bien, tu as compris qu'il te faudra une arme !

– Pourquoi ne puis-je pas la saisir ? Je dois encore passer un autre test ?

– Non, cette épée n'était qu'une illusion. Elle a sûrement disparu lors du Ragnarök avec sa propriétaire. Je ne suis d'ailleurs pas convaincu qu'elle t'aurait permis de réaliser ce qui doit l'être.

– Mais alors, comment faire ?

– Tu as besoin d'une arme, une arme assez efficace pour que les elfes sombres, le conseil des matriarches et le roi Ollawen s'inclinent devant toi.

– C'est peine perdue, une telle arme n'existe pas !

– Réfléchissons un peu à ce délicat problème, à nous deux nous allons certainement trouver une solution.

Andvari commença à tourner et retourner ses mains, ses doigts se mirent à danser et une puissante odeur de soufre envahit la pièce. Arwin instinctivement recula, à quoi jouait encore ce nain ?

Dans le fond sombre de la salle du trône, une forme bougea. Puis un œil immense s'ouvrit.

Arwin recula à nouveau.

Un deuxième œil s'ouvrit à son tour et la tête d'un dragon se leva. Il avança une patte hors de l'ombre qui l'englobait, puis plongea son regard dans celui d'Arwin qui resta pétrifié. Andvari s'avança et s'inclinant devant le dragon.

– Je te présente le légendaire Nidhogg, voilà une arme capable de résoudre tous tes problèmes.

Devait-il s'incliner à son tour ? Arwin n'osa pas bouger, par respect pour le dragon et surtout pour sauver sa propre vie. Cela dépassait l'entendement, voilà que maintenant il devait vaincre un dragon. Ce nain avait définitivement perdu la raison :

– Rassure-moi Andvari, ce n'est qu'une illusion ?

– Évidemment, je ne dispose pas d'assez de pouvoir pour invoquer le dragon !

– C'est tant mieux, car pour ma part, je ne dispose pas d'assez de pouvoir pour le vaincre !

– Tu voulais une arme, en voici une. Monte le dragon et impose-toi ! Ton armée, les matriarches, le roi Ollawen et toutes créatures vivantes ou non s'inclineront devant toi, et surtout, elles t'obéiront !

– Mais, tu es encore plus fou que je ne le croyais. Personne pas même le dieu Odin n'a réussi à imposer sa volonté au dragon ! Face à son échec, il dut l'enchaîner et le maintenir prisonnier. C'est ainsi depuis la nuit des temps ! C'est de la folie et la mort assurée de profaner son antre, tout cela n'a pas de sens !

Le nain sortit précautionneusement un petit poignard de sa ceinture, le tendant à Arwin il ajouta :

– Il me reste bien ce petit couteau, je ne te cache pas que j'y tiens beaucoup. Mais si ça peut t'aider dans ta quête, je consens à te le prêter. Bien évidemment, tu dois me promettre de me le rendre une fois que tu auras repris le contrôle de ton armée, vaincu les matriarches et convaincu le roi Ollawen de te laisser épouser sa fille. D'un autre côté, je ne suis pas particulièrement pressé, qu'en dis-tu ?

Arwin resta sans voix et finit par s'asseoir à même le sol. Mourir, pour mourir, il devait tenter quelque chose, il demanda :

– Le dragon aurait donc survécu au Ragnarök ?

– Oui.

– Y a-t-il un moyen de le vaincre ? A t'il un point faible ?

– Pas à ma connaissance…

– Je vois… Où se trouve son antre ?

– Loin vers l'Est, aux confins du Niflheim, mais tu connais la chanson :

« Au pied du majestueux frêne Yggdrasil, la source Hvergelmir est jalousement gardée par le légendaire dragon Nidhogg. »

Oui, comme tous les enfants des neuf royaumes, il avait appris cette petite chanson. Comme tant d'autres, on l'avait menacé de l'envoyer dans l'antre du '*légendaire Nidhogg*' et voilà qu'une fois adulte, il se jetait lui-même dans la gueule du loup, enfin du dragon !

Avant de quitter la salle, sans même se retourner il ajouta :

– Rassure-moi Andvari, est-ce qu'un jour je serais définitivement débarrassé de toi ?

– Qui sait de quoi demain est fait ?

– J'en étais sûr…

– Attends !

Le nain fouilla alors dans son manteau et en sortit un œuf d'un noir de jade intense. Un large sourire aux lèvres, il le tendit à Arwin et ajouta :

– Prends cet œuf, prince Arwin et avec lui, je gage que le dragon écoutera ton histoire. Avec un peu de chance, il ravalera sa '*légendaire*' colère.

L'elfe sombre saisit délicatement l'œuf, il n'osa poser la question qui lui brûlait les lèvres. Andvari y répondit tout de même.

– Oui, c'est bien un de ses œufs. Il réfléchira à deux fois avant de t'attaquer. Pourtant prends garde et sois convainquant, car le dragon ne connait aucune pitié !

Arwin enroula avec soin l'objet dans sa cape, comment ce nain avait-il pu avoir en sa possession l'un des œufs du dragon ? Voilà qui dépassait l'entendement !

Déterminé à tenter le tout pour le tout, Arwin quitta la salle du trône. Il franchit à nouveau les immenses portes de la citadelle et retrouva son cheval, là où il l'avait laissé. La pauvre bête tremblait de toute part, il la rassura de son mieux. Après de longues paroles douces et apaisantes, il l'enfourcha et au galop ils partirent vers l'Est.

Arwin n'avait aucun plan, aucune idée, rien qui puisse lui donner le moindre espoir. Pourtant il chevauchait vers cet ennemi ancestral, cet être issu d'un autre temps. Il n'avait rien à perdre, c'était assez mince, mais suffisant pour continuer.

À mesure qu'il s'éloignait de la forteresse d'Heilheim, les spectres se firent plus nombreux. Il devenait difficile d'avancer parmi cette foule d'âmes errantes, finalement la masse se dissipa. À nouveau, il avançait vers un lieu particulier, que les spectres n'approchaient pas.

Au loin on distinguait déjà l'immense frêne Yggdrasil et son écorce noircie par l'incendie qui l'accabla. Le voyage touchait à sa fin, Arwin en était presque soulagé, tout cela n'avait déjà que trop duré.

Il fallut encore une journée pour atteindre la base du frêne et plusieurs heures pour trouver l'antre du dragon.

Arwin laissa son cheval libre. Comment demander à l'animal de l'attendre, alors qu'il avançait vers une mort certaine. Finalement, il prit le cristal elfique et entra en contact avec le roi Ollawen.

– Prince Arwin ?

– Oui majesté, avez-vous réussi à libérer la princesse Erindell ? Quelle est la situation en Alfheim ?

– Erindell est saine et sauve. Votre armée s'est montrée particulièrement efficace, nous sommes acculés. Nous nous sommes regroupés derrière les hauts murs de la forteresse d'Asheimbrall. La seule qui ait résisté au Ragnarök, mais elle ne tiendra pas bien longtemps, je le crains.

– Tenez bon, je fais mon possible pour trouver une solution. Tendant les rênes du cheval au roi, il ajouta : Je vous rends votre cheval, là où je vais-je n'en ai plus besoin.

Le roi prit les rênes et avant que la communication ne soit rompue, ajouta un simple : Bonne chance…

Oui, il en aurait besoin !

Sans hésitation il pénétra dans la caverne de la bête, il fallait faire vite. Pour Erindell, il devait tenter le tout pour le tout !

Aussitôt, ses narines furent assaillies par une puissante odeur de soufre. Cela ne faisait pas l'ombre d'un doute, le dragon était bel et bien là !

Lentement il avança, il n'y avait qu'une seule voie. Elle était assez large pour laisser passer une armée de front. Cela présageait assez bien de la taille de l'animal qu'il recherchait.

Il était de toute façon dans la bonne direction, l'odeur de soufre ne faisait qu'amplifier.

Finalement il pénétra dans une immense caverne, l'odeur était maintenant insupportable. Le soufre mêlé à une forte odeur animale donnait la nausée. Arwin chercha en vain le dragon, il repéra l'énorme racine magique du frêne, le puits divin, mais aucune trace du gardien.

Devant lui, il remarqua une légère ondulation du mur. Terrifié il recula, car il réalisa que ce n'était pas le mur qui bougeait devant lui, mais bien le dragon. Il était si démesuré qu'il remplissait la quasi-totalité de la grotte.

Arwin déglutit avec peine, quelle folie !

Le dragon déroula lentement son cou et sa tête finit par apparaître, afin de contempler son infortuné visiteur. Il réfréna sa première envie de tuer, quelque chose retenait son geste, mais il ne réussit pas à en déterminer la nature exacte. Plus par curiosité qu'autre chose, il épargna l'intrus et d'un mouvement ample de la queue le plaqua contre la paroi de la grotte.

Arwin tenta de s'échapper, mais se retrouva comprimé contre le mur. L'entrevue allait être plus rapide que prévu, il devait improviser. Regroupant tout son courage, il réussit à dire :

– J'implore ton aide, légendaire Nidhogg, pitié écoute-moi.

Le dragon ravala le feu qu'il s'apprêtait à cracher et regarda interloquer cet être insignifiant. Une raison inconnue le perturbait, voilà qui n'était pas banal. Après quelques instants de réflexion, il répondit :

– Quelles raisons aurais-je de t'épargner ?

Arwin réussit à libérer un de ses bras et à travers un geste très lent retira avec précaution l'œuf de sa cape. Le dragon se figea, le souffle coupé. Il n'en croyait pas ses yeux, mais ses sens lui confirmaient l'inimaginable. Il vérifia à travers le plan magique que cet objet était bien ce qu'il pensait. Une fois convaincu, il recula.

Les deux êtres se jaugèrent alors du regard et Nidhogg concentra sa volonté. Il fixa l'elfe sombre avec une telle intensité qu'Arwin en eut des frissons, le dragon tentait de prendre le contrôle de son esprit. Paralysé par la puissance déchaînée contre lui, l'elfe se sentit submergé. Dans un dernier souffle, il mit en garde le dragon :

– Ne me tue pas, ou l'œuf tombera de ma main ! Es-tu prêt à prendre un tel risque ?

Lentement, Nidhogg se retira de l'esprit du magicien. La menace n'était pas à prendre à la légère ; une telle tragédie n'aurait pas lieu. Cet œuf n'avait pas de prix !

Comme hypnotisé, il ne pouvait plus en détourner le regard. Arwin profita du trouble du dragon pour tenter une nouvelle approche :

– Je ne suis pas ton ennemi, légendaire Nidhogg.

– Je ne crains personne en ce monde. Le Ragnarök a terrassé les seuls qui pouvaient me nuire. Qu'attends-tu de moi ? Pourquoi venir aujourd'hui me narguer avec l'œuf perdu !

– Une terrible armée s'apprête à asservir les elfes clairs…

– Je n'ai que faire de tout cela, le coupa sèchement le dragon.

– J'échange ta descendance contre un espoir pour tous les peuples qui ont survécu au Ragnarök, aide-moi dans ma tâche et l'œuf est à toi, rétorqua Arwin.

– Ne me tends pas un piège, elfe sombre, tu ne pourrais survivre à ma colère ! Qui t'envoie ? Qui t'a donné l'œuf perdu ?

– Je te rends plus qu'un simple œuf, noble Nidhogg. Je t'offre une nouvelle existence où ton nom sera respecté et vénéré. Reprends ta place légitime en ce monde et aide-moi à sauver ce qu'il en reste.

– J'ai souvent été trahi par le passé, je n'accorderai pas ma confiance aussi facilement. Odin avait lui aussi juré de me libérer lorsqu'il m'enchaîna dans ce lieu perdu. Mais jamais il ne tient parole, une peur sourde l'en empêcha. Ses appréhensions n'ont pourtant pas empêché sa mort. Prends garde elfe sombre, passer un pacte avec un dragon, engage ta descendance autant que toi ! Nos âmes seront liées à jamais !

– Nous sommes déjà liés, sans ce pacte, nous n'aurons ni l'un ni l'autre de descendance. Si tu te lies à moi, tous devront s'incliner et une nouvelle ère naîtra !

– Je vais devoir tester ta sincérité, elfe sombre. Si tu mens, tu n'y survivras pas ! Y es-tu près ?

– Autant qu'on puisse l'être…

Le dragon propulsa l'âme du prince dans le plan magique. Face à la puissance démesurée de Nidhogg, Arwin ne put que reculer puis s'agenouiller. Le dragon dominait de toute sa splendeur flamboyante le monde immaculé de la magie. Face à cet être d'énergie pure, la vérité ne pouvait être cachée. Le dragon lut à travers le magicien comme dans un livre ouvert. Dans un râle, il murmura :

– Andvari... c'était donc lui le voleur !

– Ce nain est une calamité, j'en conviens, réussit à dire Arwin.

Pendant plusieurs minutes, le dragon soupesa l'âme du magicien, puis satisfait de ce qu'il contemplait, il accepta le pacte.

Arwin reçut cette bénédiction de plein fouet et à son tour contempla l'âme du dragon dans son plus simple appareil. La grandeur, la beauté de cet être plusieurs fois millénaire l'envoûta. Il sentit aussi sa colère et sa rage lors de sa capture. Sa révolte et son amertume lorsqu'il fut enchaîné. Sa tristesse et sa peine lorsqu'on détruisit ses œufs. Sa peur et son angoisse pour l'œuf perdu !

À cet instant, il était le témoin privilégié de sa joie et de son bonheur. L'œuf avait été rendu et par cet acte noble, la race des dragons pourrait renaître.

Ils réintégrèrent leur enveloppe physique lentement, Arwin encore sous le choc de ce voyage spectral tituba. Il déposa avec précaution l'œuf au sol et laissa le dragon en disposer à sa guise. Il resta stupéfait de voir le dragon le prendre dans la bouche et l'avaler d'un trait. Nidhogg le rassura en lui rappelant qu'il n'existait sûrement pas de meilleures cachettes. Ainsi protégée, sa descendance ne courrait aucun risque. Puis il ajouta :

– Tu as rempli ta part du pacte, elfe sombre. Je te suivrais dans tes aventures.

– Gloire à toi, noble Nidhogg. Nous devons faire

vite et nous rendre en Alfheim.

– Cela fait des millénaires que je n'ai plus pris mon envol.

– Laisse-moi te guider et te chevaucher comme un ami fidèle.

– Soit, depuis le Ragnarök, la source divine Hvergelmir est tarie. Je suis désormais libre de mes mouvements. J'accepte ta proposition, allons vérifier si mon nom est bien aussi redouté que tu le prétends !

Avec mille précautions, Arwin s'approcha de Nidhogg. Le dragon sourit, du moins afficha une grimace à faire défaillir un troll.

Oui, il était craint et même bien plus qu'il n'aurait pu s'en douter. Il allait vite s'en rendre compte.

Ils remontèrent ensemble le tunnel vers la liberté. Une fois sorti, Nidhogg déploya ses puissantes ailes et poussa un long et terrible rugissement.

Ce cri fut perçu dans l'ensemble des huit mondes survivants. Chaque minéral, végétal, animal, créature vivante ou non, comprit à cet instant que le légendaire Nidhogg était vivant et qu'il comptait bien le faire savoir.

Le dragon prit son envol, sur les conseils d'Arwin, il déversa sa rage et ses flammes sur la foule de spectres qui erraient sans but dans le Niflheim. Après cette hécatombe qui réduisit au néant cette multitude d'âmes errantes, le royaume des morts retrouva un certain équilibre.

Lentement, Nidhogg s'éleva, il survola Helheim, forteresse de la défunte déesse des morts. Puis continua sa course vers le Jotunheim, la terre des géants. Finalement il pénétra en Alfheim.

Sous lui, s'étalait à perte de vue un royaume dévasté. Aux ruines du Ragnarök, s'ajoutaient la folie destructrice des matriarches et leurs armées de conquête. Nidhogg poussa à nouveau un terrible hurlement de colère et accéléra.

Arwin communiqua au dragon l'emplacement exact de la forteresse d'Asheimbrall, dernier bastion des elfes clairs. S'il restait un espoir, c'était dans cette direction.

Le dragon exultait, cette course folle à travers les huit royaumes lui rappelait ces temps passés où il avait connu l'ivresse d'être seul au monde. Ces millénaires à rester enchaîné n'avaient pu briser son désir de liberté, sa soif des grands espaces. Il avait tant à rattraper, les dieux avaient été bien cruels avec lui.

Le Ragnarök n'avait été qu'un juste retour des choses !

Au loin, Arwin repéra une immense tache sombre ; son armée était en marche. Nidhogg survola les soldats et à nouveau rugit de fureur. Un murmure d'effroi parcourut l'armée qui se figea. La plus grande partie des troupes était déjà massée aux pieds des hauts murs de la forteresse d'Asheimbrall, ils restèrent immobiles et en silence reculèrent.

Les elfes clairs n'en croyaient pas leurs yeux, le légendaire Nidhogg se joignait à leurs ennemis. Le désarroi se lisait sur leurs visages, il ne servait plus à rien de résister, ils allaient tous être massacrés ! Alerté, le roi Ollawen arriva en courant sur les remparts, il devait de ses yeux voir cela. Devant ce spectacle, il se figea à son tour ; tout était perdu !

Le dragon se posa lourdement devant les portes de la citadelle et chacun assista médusé à la descente de son cavalier. Insignifiant face à la masse du dragon, Arwin savait qu'il avait fait son petit effet. Sans ménagement, il apostropha les généraux mal à l'aise devant les soldats :

– À genoux !

Instantanément, les généraux s'inclinèrent, suivis de l'ensemble de l'armée regroupée derrière eux. Arwin ajouta :

– Matriarche Nagaorendil ! Où te caches-tu ?

La reine s'avança, elle paraissait terrifiée. À son tour elle s'inclina. Arwin poursuivit :

– J'attends des explications, que fait mon armée si loin en terre Alfheim ?

– Nous terrassons nos ennemis, prince…

– Je suis désormais ton roi ! rugit Arwin. À moins que tu me contestes ce titre ?

À ces mots, le dragon poussa un long hurlement. La matriarche comprit l'avertissement.

– Pardonnez-moi, majesté. Mais nos ennemis…

– Nos ennemis ou tes ennemis ? Le coupa à nouveau sèchement Arwin.

– Je ne comprends pas…

– Tu n'as jamais rien compris, pauvre folle. Tu es rongée par la haine au point de commettre des crimes irréparables. Convoque immédiatement le conseil des matriarches, qu'elles s'inclinent devant leur roi !

Une à une, les matriarches se matérialisèrent devant lui, seule sa mère n'apparut pas à cette convocation. Chacune à leur tour, elles prêtèrent allégeance à leur nouveau souverain. Puis Arwin se retourna vers la citadelle, il marcha jusqu'à l'immense portail et appela :

– Roi Ollawen !

Les portes s'ouvrirent alors lentement. Le roi, en armure, avança seul devant Arwin. À nouveau, Nidhogg déploya ses gigantesques ailes et gronda. Cet avertissement rappelait que Arwin était désormais le seul et unique roi des elfes, tous sans exception devaient s'incliner !

Ollawen en tressaillit, mais resta digne. Arwin s'approcha et dit calmement :

– Roi Ollawen, j'attends ton allégeance !

C'était impossible, les matriarches n'en croyaient pas leurs oreilles. Les soldats elfes, clairs et sombres, attendaient médusés. Jamais le roi Ollawen n'allait accepter de s'incliner devant cet ennemi héréditaire.

Les deux rois se faisaient face, Ollawen tenait la survie de son peuple entre ses mains. Mais il ne pouvait se résoudre à s'incliner devant cet adversaire, c'était au-dessus de ses forces, et cela, quelles que soient les dettes personnelles qu'il avait accumulées envers lui.

Il lui devait pourtant beaucoup, la vie de ses trois filles, Aïthem, Erindell et dernièrement Shanarall.

Dans le plan astral, celui géré par la magie, les deux rois se faisaient également face. Arwin, lui parla avec sincérité, ils étaient seuls.

– Ne m'oblige pas à te tuer, pas devant tes filles !

– Je ne peux pas m'incliner devant toi, c'est au-dessus de mes forces.

– J'ai risqué ma vie pour vous sauver tous, ne gâche pas tout cela !

– Tue-moi, roi Arwin, qu'on en finisse.

– Tu vas t'incliner roi Ollawen et par ce geste noble, tu rachèteras la mémoire de ton aïeul, le roi Luzan, qui n'a pas eu la chance de pouvoir le faire !

Ollawen retint sa respiration. L'histoire du roi Luzan lui revint instantanément en mémoire. Oui, Arwin avait raison. Il fallait laver cette tache indélébile sur leur histoire. Cette folie qui avait créé ce schisme entre leurs deux peuples.

Revenant dans le plan physique, le roi Ollawen prit sa décision. Lentement, dans un silence impressionnant, il posa un genou au sol, puis un deuxième. Il retira son casque et inclina la tête.

– Je m'incline devant toi, roi Arwin. J'implore le pardon de ton peuple pour ces siècles de guerre et de conflit. Nous sommes responsables de cette folie. Pardonnez-nous de vous avoir ainsi rejeté, persécuté et même tenté de vous exterminer. Nous sommes frères depuis la création, il est temps d'oublier le passé. Une nouvelle ère s'ouvre et avec elle un nouvel avenir, un espoir.

Nidhogg le dragon ponctua ce discours par un rugissement qui fut lui aussi ressenti à travers l'univers. Chacun sut qu'avec cette nouvelle ère, les choses seraient différentes.

Arwin aida Ollawen à se relever et le prit dans ses bras.

Les soldats elfes sombres rangèrent leurs armes, ces cousins clairs n'étaient désormais plus des ennemis. Il allait leur falloir sûrement beaucoup de temps pour l'admettre et l'accepter, mais tout compte fait c'était peut-être mieux ainsi. Tant de siècles de conflit n'avaient servi qu'à les éloigner les uns des autres, les réduire à l'état de bêtes sauvages. Il était temps d'oublier cette haine ancestrale.

Par petits groupes, les elfes clairs sortirent de la protection de leur forteresse et lentement s'approchèrent de ces cousins éloignés. Finalement Aïthem approcha, et sans ménagement se jeta dans les bras de Arwin. En l'embrassant à pleine joue, elle lui dit :

– J'étais sûre que tu trouverais une solution, prince Arwin !

– Je suis roi désormais.

– Oui, je le sais, mais je suis si contente, prince Arwin !

Arwin ne releva pas, lui aussi était heureux.

Plusieurs dignitaires et mages s'approchèrent en silence, puis Erindell et Shanarall sortirent à leur tour. Ce fut Shanarall qui s'inclina la première en posant le genou au sol. Erindell l'imita et tous les autres suivirent, l'ensemble des elfes clairs présents sur les murailles s'inclinèrent dans un même mouvement. Arwin les salua en retour.

Les elfes venaient de retrouver leur unité après des siècles de conflit. Cette paix serait encore longtemps fragile, mais elle ouvrait un nouvel avenir.

L'armée elfe sombre repartit dans son royaume. Une dizaine d'ambassadeurs restèrent à la cour du roi Ollawen. La population elfe claire avait si dramatiquement chuté qu'ils devaient être protégés d'éventuelles attaques des géants ou des trolls.

La disparition du royaume de Midgard resta inexpliquée. Cette terre arrachée à leur plan fut propulsée dans un autre univers où elle continuerait son existence loin des elfes et autres créatures issues de la volonté d'Odin. Le Ragnarök fut particulièrement cruel pour la race des hommes, les rares survivants s'entassèrent en Alfheim dans les cités en ruine des elfes clairs. Face à cette injustice, le roi Arwin déclara le royaume du Vanaheim comme la nouvelle terre des hommes. Lentement, ils la colonisèrent.

La princesse Erindell intervint personnellement afin que la cohabitation entre toutes les races se passe dans les meilleures conditions. De tous, elle était désormais la mieux placée pour intervenir lorsque des conflits apparaissaient.

À bien y regarder, les elfes sombres n'étaient pas si différents que cela des clairs, la même haute opinion d'eux-mêmes, la même condescendance. Par bien des égards, ils avaient la même grandeur et les mêmes travers. Et pour tout dire, un aveugle aurait eu bien du mal à les distinguer.

Avec le temps, cette différence de couleur de peau perdit de son importance et la tension s'effaça, laissant de timide entente s'établir entre les individus.

À leur tour, les elfes clairs dépêchèrent des émissaires dans les cités en Svartalfheim.

La princesse Erindell s'imposa naturellement auprès des siens, comme l'autorité incontournable auprès du nouveau roi. Lentement, ils se rapprochèrent et travaillèrent main dans la main au grand bénéfice des huit royaumes.

Arwin ordonna l'élévation d'une grande cité sur les ruines d'Asgard, l'antique forteresse des dieux ravagée lors du Ragnarök. Cette nouvelle capitale, à la vocation multiculturelle, se composerait d'une partie souterraine, adaptée aux elfes sombres et aux nains et d'une structure s'élevant le long du majestueux frêne Yggdrasil, pour les hommes et les elfes clairs.

Les géants, bien qu'exclus lors de la conception du projet, participèrent à sa construction. Les trolls et autres créatures issus du Jotunheim restèrent bien à l'écart de toute cette agitation, le roi Arwin leur ayant garanti la neutralité, sous réserve qu'ils restent dans leur royaume.

Arwin eut, une nouvelle fois, besoin de la présence du dragon Nidhogg pour convaincre les nains de s'associer au projet. Malgré des palabres à n'en plus finir, des milliers de nains prêtèrent main-forte au terrassement de la nouvelle cité et à son élévation dans les cieux.

C'est eux, en grande partie, qui creusèrent les galeries de la partie souterraine. Aidés des mages elfes sombres, ils accomplirent des merveilles et la ville souterraine n'eut rien à envier à la ville supérieure.

Durant plusieurs mois, Arwin parcourut à dos de dragon, les huit royaumes et exigea la soumission des rois et autres dirigeants des contrées les plus lointaines. La plupart du temps, il n'eut pas besoin de l'aide de Nidhogg. Mais lorsqu'il le fallait, le dragon ne se faisait pas prier pour rappeler à tous qu'il n'admettrait aucune exception à cette règle. Seule la terre de feu, le Muspellheim resta sourde aux demandes du nouveau roi.

Une fois cette tâche terminée, Arwin retourna superviser la construction de sa cité royale. Le dragon quant à lui s'envola pour une destination qu'il garda secrète.

Le lien qu'ils avaient tissé entre eux leur permettait d'être toujours en contact, mais Nidhogg préféra se retirer et laisser son ami s'imposer seul, par son charisme et sa propre autorité.

Le temps de la crainte et de la peur était révolu, le dragon devait s'effacer.

Plusieurs années passèrent ainsi. Le roi Arwin se révéla un souverain hors du commun, après avoir pacifié l'ensemble des huit mondes, il organisa le commerce entre eux. En quelques années, la masse des soldats en armes fut diminuée drastiquement.

Une force d'intervention spéciale, dirigée par Arwin lui-même restait en alerte pour la sécurité de tous. Ces chevaliers, montés sur des wyrves domestiqués pouvaient intervenir en n'importe quel endroit des huit mondes en quelques heures.

Grâce à leur vigilance et leur rapidité d'action, de nombreux conflits furent évités. D'abord constituée exclusivement d'elfe sombre, elle s'ouvrit lentement aux elfes clairs, puis aux hommes. Curieusement, jamais aucun nain ne fut candidat à la chevalerie aérienne.

Le nain Andvari montrait quelquefois le bout de son nez, il aimait surprendre le jeune roi. Chacun restait méfiant des réactions de l'autre. Les paroles étaient finement pesées avant d'être dites, car ils savaient qu'elles pourraient être lourdes de conséquences.

Mais au plus profond d'eux-mêmes, ils éprouvaient une grande amitié l'un envers l'autre.

À nouveau, plusieurs années passèrent ainsi à courir entre les différentes tâches sans fin d'un souverain.

Finalement, un soir Andvari se présenta au palais. Il semblait d'humeur joyeuse, ses yeux trahissaient la malice et la truculence d'un nain sûr de son affaire. Il n'était pas là par hasard et comptait bien arriver à ses fins.

Arwin resta sur ses gardes et accueillit son ami avec la réserve qu'imposait la circonstance. C'est le nain, qui le plus banalement du monde ouvrit la conversation :

– J'ai ouï-dire, seigneur Arwin, que la princesse Erindell fêtait cette semaine son vingt-cinquième anniversaire.

– Ah bon ? Répondit timidement Arwin.

– J'ai bien vérifié, en fait, j'en suis certain !

– Où voulez-vous en venir, seigneur Andvari ?

– Vous n'êtes pas sans savoir qu'une princesse royale se doit de choisir parmi ses prétendants son futur mari et cela dès l'âge de vingt-cinq ans ?

– Je ne le savais pas.

– À d'autres ! Tu le sais d'autant plus, que cela te mine et depuis plusieurs semaines ! Tu n'échapperas pas à ton destin Arwin !

Arwin resta silencieux, il se doutait qu'il n'allait pas du tout apprécier ce qui allait suivre.

– Des conteurs, des ménestrels chantent tes exploits

et ta gloire, roi Arwin, mais es-tu si courageux qu'on le prétend ?

– Et c'est toi qui me demandes cela ? Toi qui m'envoyas seul dans l'antre du dragon !

– Non, je ne te parle pas de ce courage-là. Le courage du fou, tu l'as, je n'en disconviens pas. Moi, je te parle d'un autre courage. Par exemple le courage qu'aurait un elfe à avouer son amour. Tu vois de quoi je veux parler ?

Oh que oui, il voyait où voulait en venir le nain. Souhaitant couper court à toute nouvelle tirade d'Andvari, Arwin ajouta :

– Voici un sujet bien personnel. Je n'ai nulle envie d'en débattre avec un nain, dont la naissance a dû coïncider avec la création de notre monde. Es-tu sûr, sage Andvari, d'avoir l'expérience de ces choses-là ?

– Bien essayé roi Arwin, mais sache que je fus jeune moi aussi et que mes descendants se comptent par milliers de nos jours. Trêve de plaisanterie, j'ai ici, dans ma poche quelque chose qu'y t'est destiné… Enfin pas à toi personnellement, mais qui pourrait t'aider dans ta tâche.

Le nain sortit un gigantesque diamant de sa poche. Au milieu du bijou scintillait une petite lumière verte. Jamais Arwin n'avait vu pareille merveille. Le nain referma alors son poing :

– Alors, roi Arwin, auras-tu le courage d'offrir cette pierre à une certaine princesse ?

Arwin resta sans voix, ce nain avait toujours eu l'art de le mettre dans l'embarras et là, il s'était encore surpassé. Plongeant la main dans son autre poche, il en ressortit un autre diamant, encore plus gros. Une lueur bleue en irradiait. Le regard piquant de malice Andvari ajouta :

– Et voilà son grand frère, penses-tu que ces deux merveilles orneront un jour les couronnes de l'Empereur et l'Impératrice des huit mondes ?

Arwin se leva de son trône et s'inclina avec respect devant le nain.

– Voilà donc la nouvelle épreuve que tu me soumets, tu n'auras donc jamais pitié de moi ?

– C'est que je suis l'un de tes plus fidèles admirateurs, roi Arwin et cela depuis le jour de ta naissance. Tu as excellé, et cela, quel que soit ce que tu as entrepris, mais tu n'as pas encore accompli ton chef-d'œuvre ! Ce qui à jamais changera la face de notre univers.

– De quel exploit parles-tu ?

– Ta descendance, roi Arwin. Pour l'instant, aucun enfant n'est né de vos deux peuples. Il est temps que tu donnes naissance à cette nouvelle race, issue des elfes sombres et des elfes clairs : Les elfes bruns. Ils seront magnifiques et réconcilieront vos deux races pour l'éternité !

Arwin resta silencieux. Une nouvelle fois on attendait beaucoup de lui. Il se sentait vidé. Il lui fallait du temps. Il frappa dans ses mains et demanda à ses gardes qu'on lui apporte du vin, plusieurs bouteilles…

Les deux amis passèrent le reste de la soirée à s'enivrer. Comme il se doit, Andvari donna des ordres pour qu'on couche le roi, puis consciencieusement vida les dernières bouteilles.

Après de nombreux mois à superviser la construction du palais, Arwin s'autorisa une escapade. Avec précaution, afin de ne pas être aussitôt suivi par une meute de courtisans, il se rendit dans la carrière des nains sculpteurs.

Avec admiration, il contempla les diverses statues

qu'il avait commandées pour embellir sa cité. La dextérité des nains le laissa sans voix. Quel que soit le thème présenté, les sculpteurs réussissaient, grâce à la maîtrise de leur art, à sublimer les scènes.

Chacun excellait dans son domaine, certains dans celui des personnages, quelle que soit leur race, d'autres dans les scènes d'événements héroïques.

Arwin passait ainsi de pièce en pièce et n'en était que plus émerveillé.

Au détour d'un atelier, il découvrit une sculpture particulière : celle du dragon Nidhogg.

Le nain qui travaillait dessus semblait extrêmement vieux. Curieux de savoir comment cet artiste pouvait si fidèlement reproduire le regard et les courbes du dragon, il engagea la conversation.

– Je suis impressionné par la qualité de votre travail, maître sculpteur. Comment pouvez-vous reproduire aussi précisément les traits du légendaire Nidhogg ? Aurait-il posé pour vous ?

– Un dragon prenant la pose devant un sculpteur ? Quelle drôle d'idée, à votre avis combien de temps aurait ce sculpteur pour parfaire son œuvre avant que le dragon ne lui exprime son agacement ?

– Pas bien longtemps, j'en conviens.

– Je confirme. Mais, voyez-vous majesté, j'ai eu la chance de connaître le légendaire Nidhogg dans ma jeunesse. Avant qu'il ne soit vaincu par le seigneur Odin et ses frères. Et je garde le souvenir de cette époque lointaine.

– Mais quel âge avez-vous donc, pour avoir connu les premiers âges du temps de notre monde ?

– On me nomme l'ancien et cela me suffit grandement.

– Alors, je te présente mes respects, l'ancien. Ton œuvre ornera la salle du trône, je t'en fais serment.

– Mille mercis majesté, cela sera un grand honneur pour moi et les miens.

Le nain reprit son travail avec précision. Arwin continua sa visite, mais l'image du dragon ne le quitta pas de la journée. Car cela faisait maintenant bien longtemps qu'il n'avait pas reçu de nouvelles de son ami.

Il prit son destrier volant, un wyrve noir et parti, en compagnie de sa garde rapprochée, lui rendre visite.

Le voyage dura plusieurs heures, car le dragon s'était retiré dans les hautes montagnes du Vanaheim, l'ancien royaume des dieux Vanes disparus.

Lorsqu'il arriva près de son repaire, il entra seul dans l'antre du dragon, son escorte préférant ne pas déranger l'animal légendaire.

Arwin avança avec précaution, il ne voulait pas surprendre son ami. Déranger un dragon peut s'avérer dangereux, voire mortel, autant être prudent.

Il déboucha alors dans la grande grotte et découvrit ébahi Nidhogg au milieu d'une dizaine d'œufs, dont l'un semblait démesuré. Incrédule il déclara :

– Mais Nidhogg, tu es une dragonne ?

Le dragon ouvrit un œil, puis un deuxième, il sourit.

– Nous autres, dragons ne nous définissons pas entre mâle ou femelle. Mais si tu considères qu'être celui qui donnera naissance à une lignée est obligatoirement femelle, je suis bien une reine et donc une dragonne.

– Cet œuf plus gros que les autres est une future reine ?

– Oui et les autres seront les premiers-nés de mon peuple.

– Mais, seront-ils féroces ? Pourrons-nous cohabiter pacifiquement ?

– Bien évidemment, à part si tu as l'intention de

leur nuire ? Mais là, tu devras m'affronter moi aussi !

– Loin de moi cette idée, mais savoir que des dragons vont parcourir le ciel d'ici peu me ravit.

– Voilà qui me rassure, mais il faut encore compter quelques milliers d'années avant qu'une nouvelle couvée puisse avoir lieu. Je crains donc de te décevoir, rares seront ceux qui de leur vivant assisteront au majestueux vol d'un dragon.

– Alors il faut fêter toutes ces naissances par des célébrations dans l'ensemble des huit royaumes. Je mettrais un point d'honneur afin que l'arrivée de tes descendants soit saluée comme il se doit.

– Merci de cette marque d'affection roi Arwin. Les miens l'apprécieront à sa juste valeur. Mais parlons un peu de ta descendance à toi ? Tu sais, nous sommes si proches que je ressens ton trouble.

Arwin rougit timidement

– L'idée fait son chemin, je ne souhaite pas brusquer les choses non plus.

– Comme moi, tu vas devoir donner naissance à une nouvelle race. Es-tu prêt ?

– Autant qu'on puisse l'être, j'attends juste le moment idéal.

– Et que penses-tu de l'inauguration de ton palais ? J'ai cru comprendre que cela ne devrait plus tarder ?

Arwin s'approcha et caressa timidement les œufs du dragon. Oui, lui aussi avait le droit à une descendance et l'heure était arrivée !

– Je suis fier de toi, roi Arwin. Je serai avec les miens présent pour ce grand événement. Nous, nous inclinerons tous devant l'empereur et l'impératrice des huit mondes ! Avec ce couronnement, nous tournerons définitivement la page du Ragnarök !

– Merci, légendaire Nidhogg.

Ils parlèrent encore longtemps, avant qu'Arwin ne retourne dans son palais. Mais sa décision était prise, dès le lendemain il se rendrait auprès du roi Ollawen.

Pour des raisons diverses, Arwin ne put se rendre dans le palais des elfes clairs le lendemain, pas plus que les jours, ni les semaines qui suivirent.

Finalement, l'inauguration de l'immense salle du trône arriva sans qu'il s'en rende vraiment compte.

Une nouvelle fois, il s'était laissé dépasser par les événements et se trouvait au pied du mur. Avec l'insupportable angoisse que la princesse Erindell ne le rejette !

Un à un les dignitaires, représentant des peuples libres des huit royaumes se présentèrent. Arwin remercia chaleureusement ces prestigieux invités, attendant avec fébrilité la délégation des elfes clairs.

Les matriarches, représentant toutes les cités du Svartalfheim s'avancèrent. Parmi elles figuraient des représentants du royaume des morts, ils restèrent très discrets. Les géants suivis des différents rois trolls s'agenouillèrent à leur tour, puis le long cortège des rois nains commença. Après plus d'une heure de défilé, ce fut le tour des hommes, chaque cité était représentée. Cette longue suite de monarques s'acheva avec celui d'Ollawen, le roi des elfes clairs. Arwin se figea, Erindell n'était pas présente à ses côtés !

Le roi Ollawen s'inclina à son tour et accompagné de sa suite, s'écarta. L'allée menant au trône resta libre, mais la liste des invités ne contenait plus aucune personne à sa connaissance.

Arwin fut pris de panique, il comprit qui était ce dernier invité, d'ailleurs il ne manquait plus que lui.

Le seigneur Andvari s'avança et à son bras se tenait

la princesse Erindell. Toute d'or et diamants vêtue, elle brillait de mille feux. À mesure qu'elle s'approchait, les puissants réunis dans la salle du trône s'inclinèrent.

Lorsqu'elle fut devant Arwin, il s'inclina à son tour.

La princesse se retourna et salua à son tour l'assemblée.

Andvari en profita pour déposer deux couronnes impériales sur les trônes, puis se retira.

Arwin prit la main de la princesse et la regardant droit dans les yeux, lui demanda :

– Princesse, je n'aurais pas l'audace de vous dire qu'à la minute où je vous ai vu, je suis tombé amoureux de vous. Ce fut légèrement plus long et plus compliqué. Mais sachez qu'après notre séjour dans le temple de la déesse Freya, mes pensées ne vous ont jamais quittées.

– J'en suis comblé, monseigneur.

Arwin sentit que le moment était venu, il se lança :

– Accordez-moi l'honneur de vous demander en mariage, princesse Erindell ?

L'assistance retint son souffle. Le roi Ollawen resta sans voix et ses deux filles avaient les larmes aux yeux. La princesse s'inclina et répondit :

– Mais l'honneur est pour moi, roi Arwin. J'accepte de devenir votre impératrice.

Lentement, Arwin se dirigea vers les trônes et saisissant la plus petite des deux couronnes, il la posa sur la tête de Erindell.

L'impératrice se redressa et saisissant l'autre couronne, elle ajouta :

– Veuillez-vous incliner à votre tour, majesté. Le roi se courba alors lentement, elle proclama : en tant qu'impératrice des huit mondes, je vous sacre empereur et vous accepte comme époux.

Andvari avança à son tour et devant toute l'assemblée ajouta :

– Si quelqu'un souhaite s'opposer à cette union qu'il parle maintenant, ou se taise à jamais !

Alors une silhouette, restée en retrait dans un coin sombre, avança lentement. Toute de noire vêtue, elle était enveloppée dans une longue cape à capuchon. Andvari se figea en comprenant ce qui allait se passer.

En abaissant sa capuche, elle dévoila son visage et certains la reconnurent. Un murmure d'effroi parcourut l'assemblée. Arwin se figea et murmura :

– Mère ?

– C'est bien moi, mais toi ! Es-tu bien toujours mon fils ?

– Évidemment, que dis-tu là ?

Un silence oppressant figea la salle. Les elfes clairs se regroupèrent autour de leur roi, alors que les elfes sombres étaient tiraillés entre leur allégeance à leur roi et leur obéissance envers une de leurs matriarches. Arwin fit un pas vers sa mère, mais elle s'emporta :

– Qui es-tu roi Arwin ? Mon fils ? J'en doute fort !

– Mais voyons, je suis bien ton fils ! Et regarde, j'ai réalisé ton rêve. Je vais devenir empereur des huit mondes !

Elle se retourna alors vers les matriarches sombres présentes dans la salle. Le regard plein de haine, elle leur demanda :

– Et vous mes sœurs, avez-vous vraiment permis que cette ignominie ait lieu ?

Nagaorendil l'ancienne reine des elfes sombres répondit pour l'ensemble du conseil des matriarches.

– Nous n'avions pas le choix ma sœur, il montait le dragon !

– Vous auriez dû exiger la mort des elfes clairs.

Désignant les nains et les hommes présents, elle ajouta : pour eux, l'esclavage était de mise !

Personne ne releva l'insulte, mais des murmures commencèrent à circuler et s'amplifièrent au fur et à mesure de la consternation des rois présents. Finalement, Arwin reprit la parole :

– La guerre est finie, nous sommes désormais des peuples libres et amis. Joins-toi à nous et fêtons la paix retrouvée.

– Dis-moi, mon fils ! Es-tu un lâche ou un traître, à ta race ?

Arwin sentit la colère monter en lui :

– Renonce à cette haine, elle n'a plus de sens dans ce nouveau monde. Reviens vers nous et accepte cette nouvelle vie. Je suis ton empereur désormais !

– Pitoyable et ridicule ! Si tu es bien notre empereur, dis-moi, où sont nos esclaves ? Où sont les richesses qui nous reviennent ?

– Je suis l'empereur de tous et non simplement des nôtres !

– Tu n'es rien ! Si ce n'est un habile négociateur. Un Svartalfar digne de ce nom ferait la différence entre les siens et les autres ! Levant les bras, en désignant l'assemblée, elle ajouta : ils t'ont accepté comme empereur qu'en raison de ta faiblesse. Mon pauvre fils, tu n'as rien compris ! Mais regarde-les, ils te haïssent ! Ces peuples et leurs souverains ne te tolèrent qu'à partir du moment où tu ne remets pas en cause leurs légitimités ou leurs prérogatives. Se tournant vers les nains, elle précisa : et surtout leurs richesses !

– Mais, mère. Nous devons préparer un avenir sans haine et sans conflit.

– Mais mon fils, tu divagues ! Il n'est d'autre avenir acceptable que dans la domination totale des races des huit mondes. Se retournant vers les elfes clairs présents, elle ajouta : et pour ceux qui ne l'accepteraient pas, il reste : la mort !

Le murmure de contestation amplifia, jusqu'à devenir assourdissant. Arwin intervint et d'une voix forte exigea le silence :

– Mère ! J'exige ton allégeance !

– Tiens donc ? Et à quel titre ?

– Car je suis l'empereur des huit mondes réunifiés et le garant de leurs unités ! Mère, je t'en supplie, ne me défie pas !

Elle éclata de rire et le regard haineux rétorqua :

– Je vais être clair, mon fils ! Moi vivante, tu n'épouseras pas cette trainée d'elfe claire. Je t'ordonne de rétablir le conseil des matriarches et d'imposer la suprématie des Svartalfars sur toutes les autres races ! Je t'ordonne d'établir un impôt à la hauteur de la moitié des richesses détenues par tes vassaux ! Tu ne seras empereur qu'à cette condition.

La salle se figea de stupeur. Cette déclaration était synonyme de déclaration de guerre. Les nains présents commençaient déjà à se regrouper pour quitter la pièce. Arwin rattrapa la main de Erindell qui comme tous les elfes clairs se rassemblait autour de leur roi. Arwin utilisa la magie pour hurler sa colère.

– Mais de quel droit te permets-tu d'insulter mes invités en ce jour !

– Mais je suis ta mère, mon cher fils. Et à ce titre, je t'ordonne de te comporter comme un digne roi Svartalfar et de saigner nos ennemis comme il se doit !

– Silence matriarche ! Moi, je t'ordonne de te soumettre à mon autorité, ou d'en subir les conséquences !

– Ne te surestime pas, mon fils !

Ils se faisaient face dans la salle du trône, mais

aussi dans le plan magique. L'éclatante forme astrale d'Arwin brillait de mille feux, alors que celle de Nagaaril était d'une noirceur infinie.

Lentement, elle s'approcha et posa sa main sur l'épaule de son fils. Il hurla de douleur.

Dans le plan réel, rien ne se passa, mais Erindell comprit qu'elle devait intervenir. À son tour, elle posa la main sur l'épaule d'Arwin et pénétra dans son plan magique. Voyant Arwin se laisser torturer par sa mère sans réagir, elle attaqua.

Deux énormes boules d'énergie percutèrent l'âme astrale de Nagaaril qui recula. L'âme d'Arwin recula à son tour, il ne pouvait combattre sa propre mère !

Erindell enchaîna plusieurs attaques avant que son adversaire ne rompe le contact et ne revienne sur le plan réel. Elle se redressa et dévisageant Erindell ajouta :

– Je ne te crains pas Alfalfar, tu n'es rien ! Une mère connait ses enfants, tu n'es qu'une passade et il t'oubliera vite. Crois-moi, ton empereur est un Svartalfar ! Agenouille-toi devant ton maître et il sera magnanime !

Arwin n'en croyait pas ses oreilles, sans même le vouloir il concentra ses pouvoirs et frappa sa mère. L'énergie libérée percuta Nagaaril de plein fouet. Sous le choc, elle s'embrasa.

Nagaaril s'enveloppa alors d'une brume sombre et contre-attaqua, un puissant flot d'ombre se précipita contre Arwin. Une nouvelle fois, Erindell s'interposa et absorba le choc.

Les deux femmes se faisaient désormais face. Erindell prit soudain la parole :

– Chaque mère connait ce moment douloureux où le fils prend son envol et fait ses propres choix. Ne vous en déplaise, je suis désormais la femme que Arwin a choisie et vous n'y pouvez rien. Vous serez mon amie ou mon ennemie, nous pourrons même nous ignorer. Mais sachez que désormais, lorsque vous menacerez Arwin, c'est moi qui interviendrai ! Et s'il le faut, je vous tuerai de mes propres mains !

Nagaaril fixa avec une haine indescriptible cette rivale, un frisson glacial circula dans l'assistance. Elles allaient s'entretuer !

Arwin s'interposa et ajouta :

– Mère, par pitié ! Ne te détourne pas de moi !

– N'aie crainte mon fils ! Je vais œuvrer à ta gloire. Tu m'en voudras sûrement un peu, mais les liens du sang font partie des plus puissants et je suis ta mère !

Avant que les mages présents ne puissent intervenir, elle avait disparu. Erindell intervint immédiatement, afin que cet incident ne gâche pas la fête.

– Mes Seigneurs, veuillez ne pas vous offusquer des paroles inconsidérées d'une mère qui voit son enfant se marier et s'éloigner d'elle. Les rapports entre une belle-mère et une belle-fille sont toujours houleux. Que cela n'occulte pas notre joie de vous accueillir en ce jour heureux. Fêtons ensemble l'inauguration de la cité impériale : VIVE L'EMPEREUR !

Andvari exécuta plusieurs pirouettes et laissa jaillir des feux d'artifice de ses mains. Puis il cria : VIVE L'IMPÉRATRICE ! Tous reprirent en cœur les 'VIVA' à plein poumon et de plus en plus fort. L'écho de l'ovation se repandit dans toute la cité et même Nidhogg, le dragon gronda son approbation.

La liesse dura des semaines, puis chacun regagna son royaume, se promettant de revenir fêter ce sacre chaque année à la même date. Une longue période de paix s'ouvrait devant eux.

On rechercha longtemps la matriarche Nagaaril,

mais elle resta introuvable. Erindell ordonna la formation d'une dizaine de mages elfes et humain afin de la pourchasser sans relâche.

De son côté Arwin réunit la noblesse Svartalfar et exigea à nouveau leur soumission. Les matriarches jurèrent de surveiller et d'éradiquer toute tentative de ralliement à sa mère. Cette situation ne devait pas être traitée à la légère !

Une fois, ce délicat problème réglé, la vie put reprendre son cours et chacun oublia combien cette femme pouvait être dangereuse.

Les festivités pour le premier anniversaire du sacre impérial durèrent un mois entier. Mais déjà, les plus fins observateurs remarquèrent la forme arrondie qu'avait prise le ventre de l'impératrice.

Un adorable petit elfe naquit quelques mois plus tard. D'un teint couleur or, il fut le premier représentant d'une nouvelle race : Les elfes bruns.

Épilogue

Arwin lors de son couronnement avait convié l'ensemble des monarques des huit mondes. Il avait, avec soin, pris la peine de parcourir chaque parcelle de terre. Tous les dirigeants, aussi modestes soient-ils avaient été invités. Tous furent traités avec dignité et reçurent un accueil irréprochable. Ceux qui ne purent se déplacer accueillirent de nombreux conteurs et ménestrels afin de leur faire partager la magnificence de l'événement.

Tous, enfin presque, car un royaume ne fut pas représenté au sacre de l'Empereur Arwin : le Muspellheim.

Un monde de fournaise, peuplé d'élémentaire de feu et de lave. Dans cette terre en fusion perpétuelle régnait un être de colère et de haine. À l'origine du Ragnarök et du cataclysme qui en résulta, il en était le seul dieu survivant. L'évocation de son nom suffisait à terroriser toutes les formes de vies survivantes dans les huit mondes. Ce dieu se nommait : Surt.

Suite à l'embrasement de l'univers, pensant que toute forme de vie périrait par le feu, il se retira dans son royaume. Très affaibli, il se laissa sombrer dans les bras de l'océan de lave qui le composait. Avec empressement, ses fils, les élémentaires de flamme, se massèrent autour de lui et le régénérèrent.

Il assista alors silencieux à la renaissance des huit mondes, qu'il avait échoué à détruire.

Mais lentement, il retrouvait ses forces. Son réveil serait terrible pour ces insolents qui avaient osé reconstruire leur vie sur les cendres du Ragnarök.

*

*   *

La matriarche Nagaaril se réfugia dans la clandestinité, le temps de réunir autour d'elle assez d'alliés. Elle acceptait son nouveau statut sans état d'âme, celui d'une paria. Elle représentait pourtant pour bon nombre de Svartalfar la seule alternative au règne de l'Empereur Arwin.

Après plusieurs années d'une traque continue, elle avait fini par établir son repaire dans le royaume de Niflheim. Assez rapidement, ses disciples se regroupèrent et compliquèrent les recherches pour la débusquer.

Alors que les elfes sombres restaient toujours réticents à la rejoindre, elle s'entoura de mages et sorciers humains.

Forte de ses nouvelles alliances, elle sema la terreur et frappa sans relâche et de façon aveugle aux quatre coins des huit mondes. Elle se montra efficace et particulièrement dangereuse. La crainte commença à se répandre et avec elle, la soumission des lâches.

La matriarche, qu'on appelait désormais la reine noire, profita de la confusion pour terroriser ceux qui l'avaient rejetée. Cette vague de frayeur n'était que les prémices d'une guerre dont les victimes se compteraient par milliers. Mais déjà des centaines d'elfes sombres rejoignaient dans la clandestinité son combat.

L'Empereur Arwin les avait trahis en les spoliant de leur domination.

Comme le proclamait désormais leur reine noire, les Svartalfars devaient régner sans partage sur les huit mondes !

FIN

Cet ouvrage a été composé par Edilivre

175, boulevard Anatole France – 93200 Saint-Denis
Tél. : 01 41 62 14 40 – Fax : 01 41 62 14 50
Mail : client@edilivre.com

www.edilivre.com

Tous nos livres sont imprimés
dans les règles environnementales les plus strictes

ISBN papier : 978-2-414-10603-5
ISBN pdf : 978-2-414-10604-2
ISBN epub : 978-2-414-10602-8
Dépôt légal : août 2017

Imprimé en France, 2017